Wolf-Henry Sturt

Wirf du den ersten Stein!

Eine außergewöhnliche Liebesgeschichte, welche zum Nachdenken anregt, aber auch die humorvollen Seiten des Lebens nicht außer Acht lässt.

Autor: Wolf-Henry Sturt

Wolf-Henry Sturt wurde 1952 auf dem Gut seines Onkels südlich von Kassel geboren. Er wuchs in Darmstadt und Hannover zusammen mit drei Brüdern auf. Nach Abitur und Bundeswehr studierte er an der Universität Hannover Anglistik, Geographie und Pädagogik für das Lehramt an Gymnasien. Von 1982 bis zu seiner Pensionierung im Jahre 2016 unterrichtete er die Fächer Englisch und Erdkunde in Daun in der Eifel. Er ist verheiratet und hat zwei Töchter und drei Enkelkinder.

Wolf-Henry Sturt

Wirf du den ersten Stein!

BoD
Books on Demand

Bibliografische Information der Deutschen Nationalbibliothek:

Die Deutsche Nationalbibliothek verzeichnet diese Publikation in der Nationalbibliografie; detaillierte bibliografische Daten sind im Internet über http://dnb.de abrufbar.

Impressum:

Herstellung und Verlag: BoD – Books on Demand, Norderstedt
ISBN: 9783755757450

Für meine kleine Enkelin Lara,
der ich alles Glück dieser Welt wünsche.

1

Das Baby hatte einen krebsroten Kopf und brüllte nach Leibeskräften. Nachdem die Hebamme es jedoch Katrin auf die Brust gelegt hatte, hörte es sogleich auf zu schreien. Es war eine schwierige Geburt gewesen. Die junge Mutter hatte viel Blut verloren. „Es ist ein Junge", sagte die Hebamme und Katrin lächelte schwach. Sie küsste den kleinen Kopf und weinte.

Nachmittags kam ihre Mutter mit zwei Flaschen Vitaminsaft in das Krankenhaus Maria Hilf in Daun, am darauf folgenden Tag ihre Schwester. Beide sagten, es sei ein drolliges Kind. Katrin musterte es und stellte fest, dass es nicht besonders hübsch, aber eben drollig war. Um sein Handgelenk war nun ein Armbändchen zu sehen. Auf ihm stand der Name des Säuglings und das Geburtsdatum: Michael Schneider, 27.02.1974.

Am dritten Tag kam schließlich Kurt. Sie hatte sehnlichst auf ihn gewartet und sah sofort, dass er betrunken war. Er ließ sich in den an der Wand stehenden Stuhl fallen. Einige Momente starrte er sie aus glasigen Augen an. Dann schüttelte er den Kopf.

„Warum?", murmelte er. „Du wusstest doch genau, ich wollte das nicht." „Es war ein Unfall", sagte Katrin. „Unfall, Unfall! Du hast einfach nicht aufgepasst, verdammte Scheiße. Soll ich dich jetzt heiraten oder was? Nee, Mädchen, so haben wir nicht gewettet." Er blieb nicht lange. Als die Tür hinter ihm ins Schloss gefallen war, schluchzte sie so laut, dass eine Krankenschwester, die zufällig im Flur ihren Jammer gehört hatte, hereinkam und ihr zehn Minuten lang die Hand hielt. Immer wieder sah sie ihren kleinen Jungen an. Er war aufgewacht und sah auch sie aus großen, nichtverstehenden Augen an.

Kurz nach der Geburt kündigte sie ihre Stelle als Verkäuferin. Sie gab ihre kleine Souterrainwohnung auf und zog wieder zu ihrer Mutter. Ihr Vater war vor drei Jahren mit einer Jüngeren durchgebrannt, so dass genügend Platz vorhanden war. Kurt Hommes, den Vater des Kindes, sah sie nur noch einige Male. Beim letzten Mal machte er ihr unmissverständlich klar, er würde sie nie heiraten und im Übrigen zöge er ohnehin demnächst nach Trier, wo er endlich Arbeit gefunden hätte.

Das erneute Zusammenleben mit der Mutter erwies sich nach vier Jahren Trennung als schwierig. Schon vorher war es kein sehr inniges Verhältnis gewesen. Sie machte ihre Mutter für manches verantwortlich, was in ihrem bisherigen Leben schief gelaufen war. Aber besonders trug sie ihrer Mutter nach, dass sie den Vater mit ihrem dominanten Verhalten, häufigem Geschrei und ständigem Gemäkel in die Arme einer weniger komplizierten Frau getrieben hatte. Zärtlichkeit hatte sie auf Seiten ihrer Mutter nie gesehen.

Eines Morgens - es hatte schon vorher die halbe Nacht Streit gegeben - war ihr Vater vom Frühstückstisch aufgesprungen, hatte seinen Ehering vom Finger gezogen und im hohen Bogen aus dem Fenster geworfen. Danach war er aus dem Haus und seinem bisherigen Leben verschwunden.

In den Monaten nach der Geburt übernahm ihre Mutter mit der ihr eigenen Konsequenz größtenteils die Betreuung des Babys. Katrin kam sich sehr bald wie eine Ersatzmama vor, die immer dann einsprang, wenn ihre Mutter ihrer Halbtagsarbeit nachging oder anderweitig keine Zeit hatte.

Mit einer Sache hatte sie sich jedoch durchgesetzt. Ihr Sohn trug, sehr zum Missfallen ihrer Mutter, den Namen ihres Vaters: Michael, - Michael Schneider. Der war labil und zärtlich gewesen. Und die Erinnerung an den zärtlichen Mann wollte sie im Herzen bewahren.

Katrins Verhältnis zu dem Kind war zwiespältig. Einerseits sah sie in ihm eine frappierende Ähnlichkeit zu Kurt, der sie einfach sitzen gelassen hatte, andererseits fühlte sie doch Mutterliebe. Der Winzling konnte nichts für das charakterlose Verhalten seines Erzeugers.

Gelegentlich ging sie aus, meistens zusammen mit einer Freundin in die einzige Diskothek der Kleinstadt Daun. Dort lernte sie Walter Witowski kennen. Er war 26 Jahre alt, drei Jahre älter als sie. Sein selbstbewusstes, manchmal großspuriges Auftreten kam ihrem eher schüchternen Naturell entgegen. In seiner Gegenwart fühlte sie sich sicher. Er arbeitete als Vorarbeiter bei TechniSat, dem größten privaten Arbeitgeber in Daun. Das verdiente Geld brachte er großzügig unter die Leute.

Nach drei Monaten bezog sie mit ihm eine Dreizimmerwohnung am Stadtrand. Ihre zögernd vorgebrachte Idee, vielleicht doch vorher zu heiraten, stieß bei ihm auf wenig Gegenliebe. Gleich zu heiraten sei heute doch wirklich nicht mehr zwingend, beschied er ihr. Dem Kind gegenüber verhielt er sich weitgehend indifferent. Wenn es schrie, konnte er allerdings sehr aufbrausend werden. Katrin hoffte, dass sich dies mit der Zeit ändern würde.

Anfangs gingen sie noch jede Woche einmal zusammen aus. Das Kind war dann bei ihrer Mutter. Doch mit der Zeit wurden die gemeinsamen Unternehmungen seltener. Er zog lieber mit seinen Kumpels durch die Kneipen. Er kam dann meistens erst frühmorgens nach Hause und lag kurz darauf laut schnarchend neben ihr. „Glück ist anders", dachte sie.

Manchmal überlegte sie, ob Walter wirklich der Richtige für sie war. Aber was sollte sie tun? Sie war nicht hässlich, aber auch nicht besonders hübsch oder klug, das wusste sie. Die Männer fielen nicht reihenweise über sie her. Wer würde sie also sonst nehmen, - mit Kind? Es fehlte ihr jedoch auch die Willenskraft, dem Schicksal eine andere Wendung zu geben.

So vergingen zwei Jahre, in denen Walter abends immer öfter lange weg blieb. Auch seine Arbeit in der Fabrik schien seltsam unregelmäßig strukturiert zu sein. Die Schichten wechselten offensichtlich unvorhersehbar, Kurzarbeit kam sehr oft vor. Geld war allerdings immer ausreichend vorhanden.

Eines Tages standen zwei Polizisten vor der Tür. Ob ihr Lebensgefährte da wäre, wollten die wissen. Katrin ging ins Schlafzimmer und weckte Walter. Er lag um 12 Uhr mittags noch im Bett. Sie nahmen ihn mit auf die Polizeiwache.

Bei der Gerichtsverhandlung drei Wochen später erfuhr sie, dass Walter schon vor Monaten seine Arbeit verloren hatte, da er dort Werkzeuge hatte mitgehen lassen. Danach verdiente er sich sein Geld mit dem Dealen von Heroin und anderen Anabolika in der Vulkaneifel und in Wittlich. Auch einen Einbruch warf man ihm vor. Sie hatte von all dem nichts mitbekommen. Er bekam eine Gefängnisstrafe von zwei Jahren und sechs Monaten.

Ohne eigenes Geld konnte sie die Wohnung nicht mehr halten. Der Vermieter gab ihr zwei Monate Zeit, um sich nach einer neuen Bleibe umzusehen. Er wollte für die Zeit auch nur einmal Miete. Das könnte sie sich ja bei ihrer Bank leihen.

Nach drei Wochen meldete sich bei ihr Eduard Raschke, ein Freund von Walter. Er solle sich um sie kümmern, hätte Walter gesagt. Tags darauf besuchte sie Walter im Gefängnis und fragte ihn, ob er seinen Freund beauftragt habe, ihr zu helfen. „Ist mir egal", bekam sie zur Antwort. „Was ist dir egal, Walter?" Ratlos blickt sie ihn an. „Alles! Das Scheißleben, das blöde Rauschgift, du und dein ewig brüllender Bankert."

Nachdem sich Eduard zwei Monate um sie gekümmert hatte, zog sie auf seinen Wunsch hin bei ihm ein. Da konnte er ihr noch besser zur Seite stehen. Es musste ja irgendwie weiter gehen.

2

Liebevoll wiegte Christine Meyer-Abendroth das Neugeborene in ihren Armen. Um das Bett herum standen ihr Mann mit ihrer zweijährigen Tochter, ihre

Eltern und ihr Bruder. Alle fanden das Baby besonders hübsch, fast wie ein kleines Mädchen. Felix sollte der Kleine heißen. Felix, der Glückliche!

Christine war Lehrerin an der Grundschule in Mehren. Da der Beruf doch zeitaufwendiger und anstrengender war, als sie es sich ursprünglich vorgestellt hatte, wollte sie, wie schon bei der Tochter, ein Jahr aussetzen, um sich ganz dem Baby zu widmen, und danach auf eine halbe Stelle zurückgehen.

Das war auch der Wunsch ihres Mannes. Detlef hatte ebenfalls feststellen müssen, dass der angeblich so laue Job an der Schule in Wirklichkeit ein strammer 40 Stunden-Beruf war. Und die hiermit verbundenen Belastungen wollte er weder seiner Frau noch dem kleinen Stammhalter zumuten. Er verdiente als Juniorpartner in der Steuerberater-Sozietät Feldmann, Birsky & Meyer genug, um ihnen auch ohne das volle Lehrergehalt ein angenehmes Leben zu garantieren.

So wurde der kleine Felix von Anfang an von allen Seiten nach Strich und Faden verwöhnt und vergöttert. Jeder noch so kleine Entwicklungsschritt war Beweis besonderer Aufgewecktheit. Die ganze Verwandtschaft versorgte den kleinen Kerl mit Spielzeug oder Süßigkeiten. Letzteres bekam er allerdings nur in bekömmlichen Rationen zugeteilt, denn der Vater wollte später kein unsportliches Dickerchen als Sohn, sondern nach Möglichkeit einen durchtrainierten Jungen, der anderen zeigen konnte, wer das Sagen hat.

Unter den geschilderten Bedingungen war es somit nicht verwunderlich, dass Felix meist gut gelaunt in die Welt hinausschaute. Nach Meinung von Christine konnte er auch am schnellsten in der Mutter-Kind-Gruppe krabbeln, am durchsetzungsstärksten anderen ihr

Spielzeug wegnehmen, am frühesten Mama und Papa sagen und am lautesten schreien.

Auch die musische Früherziehung wurde nicht vernachlässigt. Christine sang ihm täglich Kinderlieder vor, führte seine Hand, wenn er auf einem großen weißen Blatt Papier erste Malversuche unternahm und freute sich, wenn er hemmungslos sein einfaches Xylophon malträtierte.

Manchmal hatte sie allerdings das Gefühl, dass bei all der Fürsorge für Felix seine nur zwei Jahre ältere Schwester etwas zu kurz kam. Diese zog ab und zu ein recht beleidigtes Schnütchen, wenn sie mal wieder nicht die gleiche Zuwendung wie ihr Bruder erhielt. Aber Felix war halt einfach ein besonders goldiger Junge. Und wie putzig er immer lachte!

Als Felix zwei Jahre alt war, durfte er mit dem Opa Meyer Fahrrad fahren. Er saß dann in seinem an der Stange befestigtem Kindersitz vorne hinter dem Lenker. Der Wind wehte durch seine blonden Haare und er hatte beinahe das Gefühl, selber zu fahren. Auf halber Strecke kehrten die beiden meistens irgendwo ein. Felix bekam dann einen Kakao und der Opa bestellte sich ein Kännchen Kaffee. Heißa, das Leben war schön!

3

Michael und Felix kamen, als sie drei Jahre alt waren, in den Kindergarten des Dauner Ortsteils Neunkirchen. Die Gruppenleiterin hieß Helga Michels. Sie war eine erfahrene Kraft in der Einrichtung und machte sich schnell ein Bild von den beiden Neuzugängen.

Der eine kam meist in jahreszeitlich unpassender, abgetragener Kleidung in die Gruppe, ihm lief ständig der Rotz aus der Nase, der andere hatte stets teure Markenklamotten an und sein Haarschnitt entsprach neuesten modischen Anforderungen.

Auch das Verhalten der Jungen war sehr unterschiedlich. Während Michael ein eher ängstliches Kind war, das aber hin und wieder auch verschlagen reagierte, versuchte Felix von Anfang an, seine Erzieherin um den Finger zu wickeln und die anderen Kinder selbstbewusst zu dirigieren. Frau Michels musste ständig dahinter her sein, dass Felix insbesondere die kleinen Mädchen nicht zu sehr herumkommandierte.

Einmal schlug er Frieda, die er nicht leiden konnte, mit einem Bauklötzchen heftig auf den Kopf. Das Ergebnis war eine laut und anhaltend brüllende Frieda und eine schnell anwachsende Beule auf ihrem Kopf. Ein anderes Mal schubste er Susi, so dass diese kreischend zu Boden fiel. Susi hatte zuvor der etwas kleineren Alexandra ihre Puppe weggenommen und diese damit zum Weinen gebracht. Während Michael hilflos daneben stand und aus Solidarität selber zu heulen begann, fühlte sich Felix als Beschützer der niedlichen Alexandra, indem er Susi ruppig wieder die Puppe entriss. Eine junge Erzieherin schimpfte daraufhin mit Felix, der sich nun seinerseits zu Unrecht kritisiert fühlte und ebenfalls zu plärren anfing. Aufgrund des vielstimmigen, unmelodischen Geschreis eilte Frau Michels herbei, nahm nacheinander jedes der vier Kinder auf den Schoß, redete begütigend auf sie ein und streichelte ihre Wangen. Innerhalb kürzester Zeit war der Burgfrieden wieder hergestellt.

Hieran konnte man sehen, dass Konflikte, die sowohl in frühester Kindheit als auch später im Erwachsenenalter, z.B. in der Politik, auftreten können, durch pädagogisches bzw. allgemein menschliches Einfühlungsvermögen leicht zu schlichten sind. Ob allerdings hartgesottene Politiker aller Couleur bzw. deren weibliche Counterparts auf ein zwangsweises Sitzen auf einem fremden Schoß und das Streicheln ihrer Wangen positiv reagieren, bleibt dahingestellt. Derlei gutgemeintes Verhalten könnte auch als übergriffig interpretiert werden.

Die hier beschriebenen Vorkommmisse mussten natürlich in Elterngesprächen thematisiert werden, da - wie jedermann weiß - gerade in den ersten Lebensjahren entscheidende erzieherische Impulse gesetzt werden.

Frau Meyer-Abendroth hatte denn auch nach außen hin großes Verständnis für die Sorgen der Erzieherin und versprach, ihren Felix ins Gebet zu nehmen. Eigentlich hielt sie jedoch die Haltung der Gruppenleiterin für nicht ganz nachvollziehbar, wie sie ihrem Gatten beim Abendbrot erklärte. Ein Junge war eben ein Junge. Felix müsste sich ja auch später im Leben bewähren und da sei etwas Durchsetzungskraft sicher nötig. Außerdem hätte sie schließlich Pädagogik an einer Hochschule studiert und ihr Sohn sei ihrer Meinung nach ein ganz normales und gescheites Kind. Detlef Meyer schüttelte unschlüssig den Kopf, zog es aber letztendlich vor, seiner Frau nicht zu widersprechen.

Mit derlei Faxen wollte er sich eigentlich auch nicht belasten. Ihm saß Wichtigeres im Nacken, z.B. das Problem, wie man dem Unternehmer Luppes eine mög-lichst vorteilhafte Steuererklärung zusammenbasteln konnte. Dieser hatte in der Kleinstadt einen Namen als erfolgreicher Geschäftsmann, aber auch als ein großzügiger Mäzen. Er war stolz, einen solchen Mann als Mandanten zu haben. Wollte er das Mandat nicht verlieren, galt es die Klaviatur der Steuerberatung zu beherrschen. Keine Möglichkeit der Steuerreduzierung durfte er außer Acht lassen.

Auch mit Michaels Mutter war ein Beratungsgespräch vereinbart worden. Die hatte mittlerweile wieder eine Teilzeitstelle als Verkäuferin angenommen und konnte deshalb nur nachmittags ab 15.00 Uhr in den Kindergarten kommen. Sie erschien denn auch relativ pünktlich zu dem vereinbarten Termin um 15.15 Uhr. Obwohl sie einen Regenschirm dabei hatte, waren ihre Hosenbeine völlig durchnässt. Ein Auto stünde ihr nicht zur Verfügung und bei dem Unwetter hätte der Schirm nicht den ganzen Regen abhalten können. Man wolle ja nicht zu spät kommen, sagte sie schüchtern und schniefte. Besonders glücklich sah die Frau nicht aus.

Nach einigen höflichen, einleitenden Sätzen kam die Erzieherin vorsichtig auf die allgemeine Verzagtheit von Michael zu sprechen. Nun sah Frau Schneider noch unglücklicher aus. Zuerst druckste sie wenig aussage-kräftig um das Thema herum, lieferte aber dann doch noch einen brauchbaren Erklärungsansatz. Ihr Mann, das heißt gegenwärtig noch ihr Freund, sei sehr streng mit dem Kleinen, oft zu streng, bekannte sie kleinlaut. Aber sie könnte da wenig machen. Sie wäre froh, dass er, obwohl er nicht der leibliche Vater des Jungen sei, sich überhaupt kümmern würde.

Die Wahrheit war, dass der kleine Michael zu Hause häufig schon bei den geringsten Anlässen Dresche von dem Freund seiner Mutter bekam. Der Junge weinte oft schon, wenn er den bulligen Mann mal wieder betrunken durch die Tür kommen sah. Er versteckte sich dann hinter seiner Mutter, die ihren Lebensgefährten durch freundliche Worte gnädig zu stimmen versuchte. Es war schon vorgekommen, dass er seine Hand dann auch gegen sie erhob.

Frau Michels waren solche Dinge nicht unbekannt. Ihre Erfahrung sagte ihr, dass Frau Schneider hier auch nicht alle Karten auf den Tisch legte. In den vielen Jahren als Erzieherin hatte sie immer wieder Kinder betreut, die aus problematischen Familienverhältnissen kamen. Wenn man nichts Genaues wusste und nichts Gravierendes passierte, konnte man da kaum intervenieren. Sie nahm sich jedoch vor, Michael noch genauer zu beobachten, um im Notfall geeignete Maßnahmen zu ergreifen.

„Sie sind also noch gar nicht mit dem Mann verheiratet?", fragte sie.

„Nein, noch nicht, aber im Sommer wollen wir heiraten", bekam sie zur Antwort.

„Na ja, bis dahin ist ja noch etwas Zeit und vielleicht können Sie noch einmal überlegen, ob das auch wirklich der Weg ist, den Sie gehen wollen."

Frau Schneider schaute sie aus glanzlosen Augen an.

Nach den Sommerferien erfuhr Helga Michels, dass ihr Schützling nun einen anderen Familiennamen hatte. Er hieß jetzt nicht mehr Michael Schneider, sondern Michael Raschke.

4

„Vierzehn mal acht ergibt welche Summe?" fragte der Grundschullehrer. Er blickte dabei Michael an. Der Junge schaute auf seine Finger. Die konnten ihm jedoch nicht weiterhelfen. Hilflos richtete er den Blick aus dem Fenster. Zwei Mädchen vor ihm drehten sich um und kicherten. Einen Nebenmann, der ihm vielleicht die Summe hätte zuflüstern können, hatte er nicht, denn keiner wollte neben ihm sitzen. Die anderen Kinder sagten, dass er immer müffele.

Andere Schüler meldeten sich, am eifrigsten der blonde Felix. „Na, dann sag du die Lösung, Felix", forderte Herr Neureuter ihn auf. „Hundertundzwölf!", rief Felix laut in den Raum hinein. Er war der Klassenprimus im Rechnen. „Prima Felix, da kann in der nächsten Arbeit ja nichts schiefgehen", lobte ihn der Lehrer. „Aber du, Michael, solltest unbedingt mehr üben. Sonst muss ich mal mit deiner Mutter sprechen. So klappt das nämlich nicht mit dem Gymnasium", wandte er sich wieder an Michael. Der bekam einen roten Kopf.

In der Pause auf dem Hof stand er alleine in einer Ecke. Felix und drei seiner Freunde schlenderten an ihm vorbei und Felix rief: „Kommt Mami morgen zu dem Lehrer in die Schule? Du kommst doch sowieso auf die Dummenschule, du Muttersöhnchen." „Haut ab!" murmelte der Angesprochene. Die anderen drehten um und kamen auf ihn zu. „Was hast du eben gesagt, du Spacko?", krächzte der lange Anton. Er befand sich in der vierten Klasse schon im Stimmbruch. Allerdings war er spät eingeschult worden und schon einmal sitzengeblieben und damit fast zwei Jahre älter als die anderen. Er spielte sich gern als Bodyguard von Felix auf, der manchmal zwischen den Stunden für ihn die Hausaufgaben erledigte. Die waren dann zwar immer sehr kurz, aber nicht gänzlich falsch. Er holte mit der rechten Hand aus, grabschte dann aber mit der linken Hand Michaels Pudelmütze und warf sie in den Schnee. Einige umher stehende Mitschüler lachten.

Michael traten Tränen der Wut in seine Augen. Einer der wenigen erzieherischen „Ratschläge", die sein Stiefvater ihm gegeben hatte, war, dass man sich nichts gefallen lassen darf. „Wenn dir einer blöd kommt, hau ihm auf die Backen. Sonst bist du ein Feigling und die anderen machen mit dir, was sie wollen."

Und ein Feigling war das letzte, was Felix sein wollte. Er trat einen Schritt nach vorne und schlug dem überraschten, ihm körperlich überlegenen Anton auf sein linkes Ohr, so dass dieser aufjaulte. Daraufhin ergriffen ihn Anton, Felix und ein weiterer Mitschüler und warfen ihn gegen die Wand.

Ein Mädchen, das etwa zehn Meter daneben stand, mischte sich ein. „Lasst ihn in Ruhe! Sonst sag ich es der Aufsicht. Ihr habt doch angefangen, ihr Spinner. Ich hab es gesehen."

„Oho, die doofe Alexandra. Der Spacko hat 'ne Freundin. Stinkst du genauso wie die hohle Nuss?", blaffte Felix sie an.

Inzwischen war aber die Referendarin Möbius, die Dienst auf dem Pausenhof hatte, auf den Aufruhr aufmerksam geworden und näherte sich schnellen Schrittes den Kindern.

„Was ist hier los?", fragte sie.

„Nix, wir haben nur Spaß gemacht", entgegnete Anton.

"Ist das wahr?", wollte sie von Michael wissen. Der hob seine Mütze auf und nickte nur mit dem Kopf.

„Dann geht mal da drüben hin!", befahl sie den vier Jungen. „Und Michael und Alexandra bleiben hier."

Sie kannte ihre Pappenheimer, da sie die Klasse in Sport unterrichtete.

„Warum hilfst du mir immer?". Michael schaute die Mitschülerin an.

„Weil du ganz nett bist und ich Gemeinheiten nicht ausstehen kann."

„Du weißt doch gar nicht, ob ich wirklich nett bin", nuschelte Michael. Aber er freute sich innerlich, denn so was hatte er noch nie von einem Mädchen zu hören bekommen.

„Doch, das sehe ich. Wir sind ja seit über drei Jahren in derselben Klasse."

Alexandra Kettler hatte ihren Mitschüler schon des Öfteren unterstützt, wenn er mal wieder von anderen in die Mangel genommen wurde. Michael hatte sie immer nur dankbar angeschaut, aber seinen Dank bisher noch nicht in Worten ausdrücken können. Sein Mangel an Selbstbewusstsein und seine Verklemmtheit hatten dies verhindert.

Jetzt aber sagte er laut und deutlich: „Danke! Vielleicht kann ich dir ja auch mal helfen."

„Vielleicht", sagte sie leise, schaute ihn lächelnd an und ging ihrer Wege. Hatte er sich getäuscht oder war sie etwas rot geworden? „Sicher nur die kalte Luft auf dem Schulhof", dachte er.

Alexandra hatte es auch nicht einfach zu Hause. Ihr alleinerziehender Vater - die Mutter war vor zwei Jahren bei einem Autounfall ums Leben gekommen - war mit seinem Beruf und zusätzlich drei Kindern überfordert. Deshalb musste sie als älteste der drei Kinder, trotz einer zweimal die Woche zu ihnen kommenden Haushaltshilfe, oft die Rolle der verstorbenen Mutter einnehmen: einkaufen, die Zimmer in Ordnung halten, die Geschwister beaufsichtigen usw. Zu viel für eine Zehnjährige. Aber das hatte sie zu einer frühreifen Göre gemacht. Sie dachte über Dinge nach, die andere Mädchen in ihrem Alter noch nicht beschäftigten.

Am Ende der vierten Klasse wechselte fast die Hälfte der Kinder auf das am Stadtrand gelegene Sankt-Laurentius-Gymnasium. Zu ihnen gehörten Michael, Alexandra und natürlich Felix. Bei Michael gab es einige Bedenken, ob er die Schule schaffen könnte. Letztendlich meinte jedoch Herr Neureuter, man müsse dem Jungen eine Chance geben, Er sei zwar familiär benachteiligt, aber nicht unbegabt. Auch wenn der Rektor der Grundschule, Herr Thomas, bei fast jeder zweiten Konferenz betonte, dass manche Kinder bedauerlicherweise von vornherein im Leben keine Chance hätten, wollte der Klassenlehrer hier von seiner Gymnasialempfehlung nicht abrücken. Dabei dachte der Pädagoge an seinen eigenen familiären Hintergrund, welcher auch keineswegs optimal gewesen war.

5

Wie schlimm es um Michaels Familie wirklich stand, konnte er allerdings nicht erahnen. Er hatte immer nur Frau Raschke gesehen, wenn sie zum Elternsprechtag in der Schule erschien. Den ließ sie nie aus. Einmal kam es ihm so vor, als habe sie ein geschwollenes Auge, das sie mit Make-up zu kaschieren versucht hatte.

Eduard Raschke hatte nie etwas Richtiges gelernt. Er hielt sich mit Aushilfsjobs über Wasser. Seit einem knappen Jahr arbeitete er in einer Imbissbude und verkaufte Frikadellen mit Kartoffelsalat und Bratwürste mit Pommes Frites. Eines Tages war er nach Hause gekommen und hatte behauptet, das viele Fett und die ungesunde Luft in der Imbissbude würden bei ihm Allergien verursachen. Schon als Kind hätte er unter Hautkrankheiten zu leiden gehabt.

„Und was willst du dann machen?", fragte seine Frau. „Ich hab es mir genau überlegt", sagte er. „Wir machen das jetzt ganz anders. Du verdienst in Zukunft viel mehr als bisher und ich passe auf den Jungen auf. Aber Michael ist eigentlich jetzt schon so groß, dass er auf sich selbst Acht geben kann."

Katrin war verwirrt. „Ich verstehe das Ganze nicht. Erkläre mal, wie du das meinst."

„Ganz einfach. Du fährst abends mit dem Auto nach Koblenz oder du nimmst den Bus. Und wenn du am nächsten Morgen wiederkommst, bringst du einen Batzen Geld mit. Du musst nur etwas nett zu den Männern sein. In Koblenz kennt dich eh kein Schwein."

Katrin Raschke begann es zu dämmern. „Du bist ja verrückt! So etwas mache ich nicht. Ich komme aus einer anständigen Familie. Wir waren vielleicht nie reich, als Bauersleute früher in Schlesien, aber wir waren stolz und haben unser Geld immer mit richtiger Arbeit verdient. Prostitution kommt für mich auf keinen Fall in Frage. Und überhaupt, wo soll ich denn die ganze Nacht zubringen. Nachts ist es kalt auf der Straße."

Doch auch daran hatte Eduard gedacht. „Ich habe schon mit meinem Kumpel, dem Schorsch, gesprochen. Den kenne ich aus meiner Bundeswehrzeit. Der hat ein Haus in Koblenz und vermietet darin Zimmer."

„Wenn du das von mir verlangst, zieh ich wieder zu meiner Mutter!", schrie Katrin.

Eduard grinste sie an. „Du weißt genau, dass das nicht geht. Mit deiner Mutter hast du dich noch nie gut verstanden. Außerdem hat die jetzt einen neuen Mann, der demnächst bei ihr einziehen will. Und du hast ein Kind. Da wird sich der Freund deiner Mutter aber freuen!"

„Dann zieh ich aus und lass mich scheiden."

Eduard wurde langsam wütend und entgegnete. „Vorher schlag ich dich aber noch grün und blau."

Katrin begann zu weinen. Verzweifelt sah sie ihn an. „Ich bin überhaupt nicht hübsch genug für sowas", schluchzte sie.

„Du bist einigermaßen schlank, hast einen großen Busen und mit Schminke lässt sich viel machen. Das reicht allemal!"

Am nächsten Freitag fuhr Eduard mit ihr nach Koblenz. Auf der Fahrt dorthin sprachen sie kein Wort miteinander. In Koblenz stellte er sie seinem Kumpel und dessen Frau vor. Seine Betty würde Katrin schon einige Nachhilfestunden geben, meinte der.

6

Nachdem seine Mutter in Koblenz ihrer neuen Betätigung nachging, begann eine schwere Zeit für Michael. Sein Stiefvater hatte keinerlei Interesse an ihm, schlug ihn nach wie vor häufig und seine Mutter schlief tagsüber die meiste Zeit. So war der Junge weitgehend sich selbst überlassen. Wirkliche Freunde hatte er wenige.

Manchmal ging er ins Jugendzentrum im alten Bahnhof. Dort traf er auch Kevin und Michelle. Die waren etwas älter als er und gingen in die 8. Klasse der Hauptschule. Sie waren immer knapp bei Kasse. Im Unterschied zu ihnen bekam Michael von seiner Mutter immer genug Taschengeld. Davon gab er ihnen manchmal etwas ab. Aber eine befriedigende Lösung war das letztendlich nicht.

Kevin kam deshalb auf die Idee, sich anderweitig Geld zu beschaffen. Er hätte lange darüber nachgedacht, sagte er. Die einfachste Lösung wäre: „Alte Frau - Handtasche entreißen - abhauen." Michael war zuerst schockiert, wollte jedoch nicht die Freundschaft zu Kevin und Michelle aufs Spiel setzen. Nach einer Woche erklärte er sich dazu bereit, wenigstens Schmiere zu stehen.

Kevin war einverstanden. Michelle sollte die alte Frau ansprechen, sie irgendwie ablenken, er käme dann von hinten und würde die Tasche requirieren. Das Wort requirieren hatte er in einem Kriegsfilm gehört. Michael sollte aufpassen, dass weit und breit kein Zeuge zu sehen war und wenn doch einer auftauchte, laut pfeifen. Der Dauner Friedhof war in den frühen Abendstunden der beste Ort für ihr Vorhaben. Um nicht wiedererkannt zu werden, wollten sie sich alle drei Nylonstrümpfe über den Kopf ziehen. Schließlich war Daun eine nicht sehr große Stadt. Da konnte man leicht wiedererkannt werden. Nach vollbrachter Tat galt es, möglichst schnell wegzulaufen.

Zweimal klappte der Überfall reibungslos. Zwar riefen die überfallenen Frauen laut um Hilfe, doch auf dem abseits gelegenen Friedhof hörte sie keiner. Beim dritten Mal allerdings hatten sie nicht mit der starken Gegenwehr der Überfallenen gerechnet. Die hielt ihre Handtasche eisern fest, schlug und trat um sich und brüllte so laut, dass Kevin und Michelle schließlich ihr Vorhaben aufgaben und unverrichteter Dinge die Flucht ergriffen.

Danach stellten die beiden Jungen fest, dass Michelle nicht schnell genug gelaufen wäre. Hätte jemand sie fangen wollen, bei Michelle wäre ihm dies bestimmt gelungen. Die setzte sich zur Wehr. In Sport sei sie noch nie gut gewesen. Ihre Diät hätte noch nichts gebracht und bei einer Größe von 1,57 m und 73 Kilo könnte man nun mal nicht so schnell laufen. Genau deshalb durfte sie fortan Schmiere stehen und Michael sollte ihren Part übernehmen. Wenn trotzdem irgendetwas schief liefe, sollte sie einfach stehen bleiben und so tun, als ob sie mit der ganzen Sache nichts zu tun habe.

Trotz dieser Vorkehrungen ging es beim nächsten Mal völlig daneben. Man konnte zwar das Objekt der Begierde, die Tasche, ergreifen, die Seniorin stürzte dabei jedoch so unglücklich, dass sie sich das Bein brach. Ihr herzerweichendes Wehgeschrei rief umgehend den Friedhofsgärtner auf den Plan, den man vorher nicht bemerkt hatte, da er hinter einem Busch kniend Unkraut von einem Grab entfernte. Von seiner täglichen körperlichen Arbeit gestählt, erwies sich dieser - obwohl bereits über 50 Jahre alt - noch als erstaunlich fit. Nach einem kurzen Sprint hatte er Kevin eingeholt und in den Schwitzkasten genommen. Während Michelle aus der

Ferne mit offenem Mund alles beobachtete, konnte Michael zunächst entkommen.

In dem sich anschließenden Polizeiverhör gestand Kevin dann seine Verfehlungen und gab auch die Namen seiner Mittäter preis. Dies würde sich auf die von ihm zu erwartende Strafe mäßigend auswirken, hatte man ihm zu verstehen gegeben. Als Vierzehnjähriger hätte er sonst nach dem Jugendstrafrecht mit einer empfindlichen Strafe zu rechnen. Raubüberfälle, in deren Verlauf alte Menschen ernsthaft zu Schaden kamen, seien nun mal keine Bagatelle. Allerdings behauptete Kevin, die Überfälle seien Michaels Idee gewesen. Er bekam drei Wochen Jugendarrest. Zusätzlich wurde er dazu verdonnert, an einem Trainingsprogramm für jugendliche Delinquenten teilzunehmen. Darauf freute er sich, denn da würde man interessante Leute kennenlernen, sagte er.

Bei Michael und Michelle wurden nur die Erziehungsberechtigten benachrichtigt. Zu Hause bekam Michael von seinem Stiefvater schlimmere Prügel als jemals zuvor. Wenn nicht seine weinende Mutter dazwischen gegangen wäre, hätte das böse für ihn ausgehen können. Danach verschwand er für zwei Tage von der Bildfläche. Da es jedoch nachts im Oktober schon recht kalt wurde, kam er wieder reumütig zurück. Er bekam dann ein zweites Mal Schläge.

7

Felix war nun in der 8a. Er war ein leidlich guter Schüler. Nur in Latein hatte er ernste Schwierigkeiten. Dank eines Nachhilfelehrers, den er diskret einmal in der Woche aufsuchte, schaffte er aber auch in diesem Fach eine Drei minus. Auf dem Schulhof suchte er nicht selten auch die Nähe von Alexandra, die allerdings nicht in seiner, sondern in der Parallelklasse war. Irgendetwas zog ihn an diesem Mädchen magisch an. Er konnte es sich selbst nicht erklären. Dabei hatte er nur mäßigen Erfolg, denn Alexandra befand sich meistens mitten in einer Mädchenclique. Manchmal sah er sie aber auch im Gespräch mit Michael, der wie sie in der 8b war. „Was findet sie nur an diesem verklemmten Typen?", dachte er dann.

Neben der Schule bekam er privaten Klavierunterricht und war im Tennisverein, in dem auch sein Vater Tennis spielte. Ersteres war nicht unbedingt sein Wunsch, aber der seiner Mutter gewesen, denn Frau Meyer-Abendroth hielt ihren Sohn für musisch begabt. Letzteres machte ihm sehr viel mehr Spaß. Da er ein sportlicher Junge war, hatte er sogar schon einige Tennisturniere erfolgreich bestritten. Damit dies so blieb, erhielt er von seinem stolzen Vater und von einem gut bezahlten Tenniscoach immer wieder Trainingseinheiten. Er genoss seine Popularität unter den Gleichaltrigen.

Michael hatte in und außerhalb der Schule weniger Unterstützung. Auf dem Gymnasium war er zweimal nur knapp einer Nichtversetzung entkommen. Nach dem Unterricht kickte hin und wieder auf dem Bolzplatz mit Gleichaltrigen oder er joggte stundenlang durch den Wald. Da war er ganz allein in der Natur. Das gefiel ihm. Kummer bereitete ihm auch, dass er mit ansehen musste, wie andere Jungen seines Alters mit tollen Urlaubsreisen angaben oder sogar schon Freundinnen vorzuweisen hatten. Er war nur zweimal mit seinen Eltern für eine Woche auf Mallorca gewesen und Mädchen anzusprechen, traute er sich nicht, auch wenn diese, wie z.B. Alexandra, ihm manchmal nachdenkliche oder verträumte Blicke zuwarfen. Dazu war er viel zu schüchtern.

Überdies hatte er mit Beginn der Pubertät zu stottern angefangen. Manchmal bekam er ein schwieriges Wort gar nicht heraus. Das löste bei seinen Mitschülern mitunter Heiterkeit aus. Sogar Schüler der Parallelklasse, die von seinen Sprachproblemen wussten, begannen ihn zu hänseln.

Normalerweise wurde Felix von seiner Mutter mit dem Zweitwagen der Familie, einem Ford Cabrio, zur Schule gebracht. Einmal musste er jedoch mit dem Bus zur Schule fahren, den auch Michael immer benutzte, da das Cabrio in der Werkstatt war. Umgeben von einigen ihm ergebenen Schülern und Schülerinnen sprach er kurz vor der letzten Station Michael an: „Michmichmichael, ich glglaube wir mümüssen hier auauaussteigen. Glauglauglau… Mist! Meimeinst du nicht?" Michael schoss das Blut in den Kopf, die Mädchen kicherten.

Gegen Ende des Schuljahres gab es ein Sportfest. In der Mittelstufe wurde ein Handballturnier in der Turnhalle ausgetragen. In dem Turnier spielte Michaels Klasse auch gegen die Klasse, in der Felix war. Die Spieler der jeweiligen Mannschaft wurden normalerweise der Reihe nach von ihren Mitschülern ausgesucht. Die Besten am Anfang, die Schlechteren am Schluss. Der am Schluss Ausgewählte musste dann das Tor hüten. Michael stand oft im Tor! Er war froh, wenn er überhaupt in der Mannschaft war. Einige der Jungen wurden fast nie ausgewählt und hätten somit meistens nur am Spielfeldrand gestanden, wenn nicht der Sportlehrer eingegriffen hätte, um auch ihnen eine Chance zu geben.

Er war eigentlich nicht unsportlich, hatte jedoch keinerlei Selbstvertrauen und das wussten natürlich seine Klassenkameraden. In diesem Mannschaftsspiel kam es schließlich darauf an, Tore zu werfen! Die waren von Michael kaum zu erwarten. Aber als Torwart war er doch brauchbar.

Am Rande des Spielfeldes saßen die Zuschauer auf Bänken und jubelten bei jedem von ihrer Mannschaft erzielten Tor. Auch Alexandra saß dort. Ihr Augenmerk galt besonders Michael. Der wollte sich keinesfalls blamieren. Er warf sich von einer Seite des Tores zur anderen und fischte ein ums andere Mal fast unhaltbare Bälle aus der linken oder rechten Torecke.

Zwei Minuten vor Schluss stand es unentschieden. Die Gegenmannschaft startete einen letzten Angriff. Felix bekam den Ball. Er dribbelte gekonnt an der gegnerischen Verteidigungslinie entlang und warf den Ball einem Mitspieler zu, in der Hoffnung, ihn bei einem plötzlichen Vorstoß wieder zugespielt zu bekommen. Er wollte dann genau auf Michaels Kopf zielen. Der würde dann schon seine „Birne" einziehen oder eine mittelschwere Gehirnerschütterung davontragen. Seine hübsche Klassenkameradin Alexandra konnte ihm ja danach Trost spenden.

Felix machte drei Schritte nach vorne, das Zuspiel kam, er warf den Ball mit aller Kraft, nur Michael reagierte anders als es Felix gedacht hatte. Seine Fäuste schnellten nach oben und wehrten den Ball ab. Der flog hoch in die Luft. Er fing ihn wieder auf und warf ihn ganz nach vorne einem eigenen Stürmer zu, der - allein vor dem überraschten gegnerischen Torhüter stehend - keine Mühe hatte, ihn dort im Tor unterzubringen. Schluss, aus! 18-17 für die 8b.

Der Blick von Felix ging zuerst zu Michael hin. Dieser war von eigenen Mitspielern umringt worden. Sie hoben ihn auf ihre Schultern und jubelten ihm zu. Dann schaute er zu Alexandra hin. Sie streckte ihm die Zunge heraus. Gedemütigt und wütend verließ er die Turnhalle.

8

Michael las gerne. In den ersten Jahren Wildwestromane – er war immer auf der Seite der entrechteten Indianer -, später dann Krimis sowie Sachbücher über Technik und sogar über Psychologie und Kunst. Aber seine Leistungen in der ‚Schule, vor allem in den sprachlichen und in den gesellschaftlichen Fächern, waren nur mäßig.

In den schriftlichen Arbeiten bekam er zwar meistens eine Drei. Im Mündlichen wurde ihm jedoch in der Regel ein Mangelhaft attestiert. Das lag nicht etwa an fehlendem Interesse am Unterricht, sondern vielmehr an seinen ausgeprägten Hemmungen, sich in den Stunden zu Wort zu melden, und sicher auch an seinem bildungsfernen familiären Hintergrund.

Seine Deutschlehrerin, Frau Dr. Schieck, hatte das Bedürfnis, die Klasse mit Texten zu traktieren, welche selbst für Germanistikstudenten im Grundstudium schwer zu interpretieren gewesen wären. Zudem ließ die Lehrerin nur die ihr genehmen Antworten zu. Andere Sichtweisen wurden nicht akzeptiert. Auch für vielleicht etwas naive, aber aufgrund der altersgemäßen Unreife ihrer Schüler zu entschuldigende Textdeutungen hatte sie wenig Verständnis und noch weniger Geduld. Dabei war die Dame zweifelsohne intelligent, aber leider auch mit dem Makel geistiger Intoleranz und pädagogischer Unzulänglichkeit behaftet. Sie sah zwar relativ gut aus, aufgrund ihrer hohen Ansprüche und sicher nicht einfachen Wesensart war es ihr jedoch erst im fortgeschrittenen Alter gelungen, sich einen, wie sie meinte, adäquaten Ehemann zu angeln: einen Germanistikprofessor der Universität Koblenz. Einen eigenen Kinderwunsch hatte sie ohnehin nie gehabt. Die Ehe hielt zwei Jahre.

Michael war in der Schule ständig bemüht, gegen seine notorische Schüchternheit anzukämpfen. Hin und wieder gelang es ihm jedoch, über seinen Schatten zu springen und sich in den Unterricht einzubringen. In einer dieser Stunden war sein Beitrag aber entweder bezüglich der zu deutenden Textstelle irrelevant oder er entsprach vielleicht nicht der gewünschten Interpretation. Auf jeden Fall wurde er von seiner Deutschlehrerin mitten im Satz unterbrochen und ein anderer Schüler erhielt das Wort. Erstaunt und mit hochroten Ohren sah er erst auf seine Lehrerin, dann auf die Tischplatte.

Da er nicht bereit war, einfach aufzugeben, meldete er sich nach einiger Zeit ein zweites Mal. Aber auch dieses Mal passierte dasselbe. Nach Michaels dritten Satz wendete sich Frau Dr. Schieck, ohne irgendwie auf Michaels Äußerung einzugehen, abrupt einem anderen Schüler zu. Ein Gefühl der Kränkung und Erniedrigung überkam ihn. Betreten schaute er in sein Buch.

Plötzlich fiel die Klassentür krachend ins Schloss. Als er aufblickte, sah er, dass Alexandra, die nahe der Tür gesessen hatte, aufgestanden war und den Raum verlassen hatte. Auf die Frage von Frau Dr. Schieck, warum Alexandra denn unerlaubt und ohne ein Wort zu

sagen verschwunden sei, antwortete deren Bank-
nachbarin: „Das weiß ich auch nicht. Vielleicht hat
Alexandra irgendetwas an ihrem Unterrichtsstil gestört.
Auf jeden Fall hat sie sehr wütend ausgesehen." Für
einen Moment wich der Ausdruck intellektueller
Hochnäsigkeit aus dem Gesicht der Lehrerin. Sie wirkte
überrascht und sogar ein wenig verlegen.

9

Gegen Ende der zehnten Klasse war klar, dass Michael
die Schule verlassen musste. Er stotterte jetzt zwar kaum
noch, aber die Oberstufe, so hatte ihm der Klassenlehrer
versichert, würde für ihn vermutlich zur Tortur. Eine
Berufsausbildung sei das Beste für ihn. Michael war
derselben Meinung. Ein Studium hatte er ohnehin nie ins
Auge gefasst. Ein Metallbaubetrieb suchte zwei
Metallbau-Azubis. Dort bewarb er sich und wurde
genommen.

An seinem letzten Schultag kam Alexandra zu ihm.
„Was willst du denn jetzt machen?", fragte sie ihn.
„Ich werde Metallbauer. Mathematik und Physik waren
ja noch meine besten Fächer."
Sie sah ihn lange und nachdenklich an. „Vielleicht ist das
das Beste für dich", sagte sie schließlich. „Ich werde
versuchen, das Abitur halbwegs passabel hinzukriegen.
Danach könnte ich in Trier oder Köln studieren."
„Was willst du denn studieren?"
„Irgendwas mit Kindern." Sie lachte ihn an. „Da bin ich
ja aufgrund der Betreuung meiner jüngeren Geschwister
bestens vorgebildet."

„Na dann viel Glück". Michael blickte auf seine Schuhe. Irgendetwas schnürte ihm den Hals zu. Er wusste nicht, was er sonst noch sagen sollte

„Schau nicht so traurig", flüsterte sie.

Michael zwinkerte heftig mir den Augen. „Ich muss mich zusammenreißen. Jetzt nur nicht gefühlsduselig werden", dachte er.

Sie berührte ihn am Arm. „Du weißt doch noch: Vielleicht …?"

„Was vielleicht?"

„Na Michael, jetzt enttäuschst du mich aber. 4. Klasse, Pausenhof! Vielleicht kann ich dir ja mal helfen. Das hast du gesagt. Weißt du das etwa nicht mehr?"

„Doch, natürlich weiß ich das noch."

„Na, dann vergiss das bitte nicht. Die Gelegenheit könnte ja vielleicht irgendwann noch kommen." Sie versuchte burschikos zu sein. Doch plötzlich gab sie ihm einen Kuss, drehte sich um und ging, wie damals in der Grundschule, schnell weg.

Felix kam mit befriedigenden Noten in die Oberstufe. Dort bewarb er sich um das Amt des Schülersprechers. Da er gut reden konnte, gelang es ihm, bei seiner Bewerbungstour durch die Klassen vor allem die jüngeren Schüler für sich zu gewinnen. In den oberen Klassen hatte er weniger Unterstützung. Sein Ruf unter den älteren Schülern war nicht schlecht, schließlich war er meist lustig drauf und bei allen Schülerfeten zugegen, aber er war auch nicht besonders gut. Einige Mitschüler hatten negative Erfahrungen mit ihm gemacht und mochten ihn deshalb nicht. Letztendlich wurde er zum stellvertretenden Schülersprecher gewählt.

Er hatte wiederholt auch in der Oberstufe Versuche unternommen, mit Alexandra Kettler anzubändeln. Sie gefiel ihm. Nicht nur weil sie hübsch war, sondern auch wegen ihres zurückhaltenden, freundlichen Wesens. Offensivere, selbstbewusster auftretende Freundinnen hatte er schon ein paar Mal vorher gehabt. Da hatte es oft Auseinandersetzungen über seine diversen Eskapaden gegeben. Daraus hatte er einige Schlüsse gezogen. Doch zu seinem Missfallen hatte ihn Alexandra jedes Mal abblitzen lassen.

10

Katrin Raschke arbeitete jetzt schon seit mehreren Jahren in Koblenz. Teilweise stand sie auf der Straße und stieg in das Auto von Freiern ein, teilweise nahm sie aber die Männer mit in ihr Zimmer, das sie von Eduards Kumpel gegen eine saftige Miete zur Verfügung gestellt bekommen hatte. Sie merkte zu ihrer eigenen Überraschung, dass Männer sie gar nicht so unattraktiv fanden. Sie hatte eine ganze Anzahl Stammkunden und übertraf hiermit sogar Bettina, die Frau ihres Zimmervermieters, so dass diese insgeheim etwas eifersüchtig geworden war. Dennoch hatte sie sich mit ihr angefreundet. Auch Bettina litt unter dem strengen Regiment ihres Mannes und so konnte man sich wenigstens gegenseitig trösten.

Ihrem Sohn erzählte Katrin, dass sie in der Nachtschicht in einem Lager von Amazon arbeiten würde. Das würde gut bezahlt werden. Doch schon mit knapp vierzehn Jahren waren Michael Zweifel an der Geschichte gekommen. Für Lagerarbeit war seine Mutter zu auffällig geschminkt und gekleidet. Zuerst war er nur verunsichert, dann begann er sich verschämt zu fragen, ob sie vielleicht als Bedienung in einem Nachtlokal oder vielleicht sogar in einem Bordell arbeitete. Die aufkommenden Zweifel ließen ihn nicht zur Ruhe kommen. Er traute sich nicht, seine Mutter eingehender zu befragen.

Als er sechzehn und schon in der Ausbildung war, hörte er, wie zwei Männer in der Werkhalle hinter seinem Rücken lachten und sich leise miteinander unterhielten. Er konnte nur einzelne Satzfetzen aufschnappen, aber anscheinend sprachen sie über ihn. Er hörte die Worte: „armer Junge", „Straßenstrich" und „anschaffen gehen". Als er sich verwirrt nach den Männern umdrehte, brachen sie ihr Gespräch abrupt ab. Es verging noch ein halbes Jahr, bis er den Entschluss fasste, der Sache auf den Grund zu gehen.

An einem Samstag musste Katrin mit dem Bus nach Koblenz fahren. Eduard war mit einigen Kumpels über das Wochenende auf Ibiza, um sich zu besaufen oder anderweitig zu vergnügen, und das Auto hatte er einem Kumpel ausgeliehen. Diese Gelegenheit nutzte Michael aus. Zu Hause sagte er am Nachmittag, er wolle einen Freund besuchen, fuhr dann jedoch mit seinem Moped zum Koblenzer Hauptbahnhof, da er wusste, dass seine Mutter dort aussteigen würde. Hinter einem Reklameschild versteckt wartete er dort auf die Ankunft des Busses. Danach folgte er ihr unauffällig, bis sie in einem heruntergekommenen Mietshaus verschwunden war.

Geduldig wartete er ein weiteres Mal. Nach etwa dreißig Minuten kam sie wieder heraus. Er erkannte sie kaum wieder, so aufgetakelt war sie. Zu Fuß ging sie dann in das nicht weit entfernte Gewerbegebiet von Koblenz-Lützel. Dort sah er, wie sie in einer Straße ziellos auf und ab ging. Nacheinander hielten drei Pkws neben ihr an. Sie beugte sich herunter und schaute durch die Seitenfenster, deren Scheiben heruntergelassen waren. Nach kurzen Gesprächen fuhren die ersten beiden Wagen weiter, in den dritten stieg sie ein. Michael hatte genug gesehen.

Er ging zurück zum Hauptbahnhof und fuhr mit seinem Moped wieder nach Daun. Ein kalter Wind kam ihm entgegen. Er spürte nichts, auch nicht die Tränen, die ihm über das Gesicht liefen. Zu Hause nahm er die teure Musikanlage, die ihm seine Mutter zum Geburtstag geschenkt hatte, und warf sie in den Müllcontainer. Am Montagmorgen ging er nicht mehr in seinen Ausbildungsbetrieb. Er brach seine Lehre ab.

Im Nachbarstädtchen Gerolstein fand gerade die alljährliche St. Anna-Kirmes statt. Dort erkundigte er sich bei dem Besitzer einer Schiffsschaukel, einem Herrn Otto Schmitz,, ob er noch einen Arbeiter benötige. Der Mann war kräftig gebaut mit einer leichten Neigung zur Fettleibigkeit und zwischen vierzig und fünfundvierzig Jahre alt.. Er musterte ihn von Kopf bis Fuß und fragte dann, wie alt er sei. „In zwei Monaten siebzehn", antwortete Michael. Das sei noch etwas jung. Grundsätzlich sei er aber nicht abgeneigt, ihn anzustellen, sagte er schließlich. Einer seiner Mitarbeiter hätte gerade aufgehört, für ihn zu arbeiten. Zwar gäbe es da einige arbeitsrechtliche Einschränkungen vor dem achtzehnten Lebensjahr, aber das würde man schon hinkriegen. Auf der Kirmes sei man da flexibel. Er wollte jedoch eine Einverständniserklärung der Erziehungsberechtigten haben. Michael wusste, dass sein Stiefvater froh sein würde, ihn loszuwerden. Seine Mutter würde allerdings mit seinen Wünschen nicht einverstanden sein.

Tags darauf ergab sich nachmittags die Möglichkeit zu einem Gespräch. Eduard Raschke war außer Haus und Michael saß mit seiner Mutter im Wohnzimmer vor dem Fernsehgerät. Er stand auf und schaltete den Fernsehgerät aus.

Überrascht aufblickend sagte Katrin: „Warum stellst du den Fernseher ab?"

„Weil ich die Lehre abgebrochen habe, Mama, und nicht wieder in diesen Betrieb gehe. Alle wissen über dich Bescheid."

„Spinnst du? Wer weiß über was Bescheid?"

„Die Leute im Betrieb wissen Bescheid. Und unsere Nachbarn wahrscheinlich auch. Sie wissen, was du in Koblenz so machst. Bei Amazon arbeitest du jedenfalls nicht! Ich bin selber in Koblenz gewesen und habe alles gesehen. Du gehst dort auf den Strich."

Katrin saß mit gesenktem Kopf auf dem Sofa und starrte auf ihre Hände. Sie sah sofort, dass es keinen Sinn machte, alles abzustreiten. „Du könntest den Betrieb wechseln", sagte sie nach langem Zögern kleinlaut.

„Das wäre zwecklos. Daun ist fast wie ein Dorf. Da spricht sich früher oder später alles herum. Und selbst wenn ich eine Ausbildungsstelle in Gerolstein, Kelberg oder einem anderen benachbarten Ort fände, würde nach ziemlich kurzer Zeit auch dort bekannt sein, womit meine Mutter in Koblenz ihr Geld verdient. Da bin ich mir sicher!"

„Aber was willst du denn machen?", rief Katrin. Verzweiflung lag in ihrer Stimme. Michael erklärte es ihr.

„Mit Zigeunern willst du mitziehen? Das wirst du noch bereuen", schluchzte sie.

„Das sind keine Zigeuner, sondern hart arbeitende Schausteller. Da verdiene ich richtiges Geld. Und lernen tue ich da auch einiges." Michael war entschlossen, diesen Weg zu gehen. Schließlich gab Katrin nach.

Abends sprachen sie mit Eduard. Der brauchte nicht lange überzeugt werden. Seiner Meinung nach hatte die Mutter den Jungen ohnehin viel zu lange verwöhnt. „Jeder muss irgendwann auf eigenen Füßen stehen", war sein kurzer Kommentar.

Drei Tage später - die Reisetaschen waren gepackt, die notwendigen Formalitäten erledigt - kam der Moment des Abschieds. Eduard war nach einem kurzen Händedruck oben in der Wohnung geblieben. Katrin und ihr Sohn standen noch einige Zeit im Hausflur. Beide hatten einen Kloß im Hals, so als hätten sie beide ein schlechtes Gewissen. Ihre Gesichter sprachen mehr als ihre stockenden Worte ausdrücken konnten.

Katrin hielt Michaels Arm fest. Schließlich sagte sie mit leiser Stimme: „Michi, ich war dir keine besonders gute Mutter. Das weiß ich, aber …"

„Doch Mama. Du hast getan, was du konntest. Du bist immer dazwischen gegangen, wenn Eduard mich verprügelt hat. Hast dich lieber selber schlagen lassen. In der Schule bist du immer zu allen Sprechtagen gegangen, obwohl du oft nur Negatives über mich zu hören bekamst. Ich wusste immer, dass du auf meiner Seite warst, egal wann und wo."

Katrin umarmte ihren Sohn, drückte ihr nasses Gesicht an seine Schulter. „Ohne dich hätte mein armseliges Leben noch weniger Sinn gehabt. Aber ich hätte dich viel öfter in den Arm nehmen sollen, hätte dir sagen müssen, dass ich dich liebe, Michi."

„Das weiß ich auch so, Mama". Michael drehte sich um, nahm seine Reisetaschen und ging seiner Wege. Er wollte nicht, dass seine Mutter ihn weinen sah.

11

Nach drei Jahren gymnasialer Oberstufe stand Felix kurz vor dem Abitur. Damit er einen Studienplatz in Jura bekam, musste er einen guten Notendurchschnitt erreichen. Sein Vater hatte deshalb dafür gesorgt, dass er in den Hauptfächern zusätzlich Privatunterricht bekam. So wurde seine vorherige Faulheit wieder wettgemacht. Es konnte also nichts schiefgehen.

Durch einen Freund war ihm zu Ohren gekommen, dass Michaels Mutter in Koblenz auf dem Straßenstrich im Gewerbegebiet Koblenz-Lützel gesehen worden war. Er hatte diese Information großzügig an seine Freunde weitergegeben. Von verschiedenen Klassenfesten, zu denen auch die Eltern eingeladen waren, kannte er Frau Raschke. Er fand sie zwar nicht übermäßig attraktiv, aber auch nicht hässlich und die Oberweite stimmte Sie hatte - genau wie ihr Sohn - so etwas Unsicheres an sich. Das sprach ihn an. Er liebte es, solche Menschen, die sich ja geradezu als Opfer anboten, zu dominieren.

An einem Samstag sagte er seiner Mutter, er wolle mit seiner Freundin ins Kino und danach noch in eine Disco. Dazu bräuchte er den Zweitwagen. Ihr Sohn hatte zwar erst vor kurzem den Führerschein gemacht und seine Fahrweise war für seine mangelnde Fahrpraxis viel zu rasant, aber sie mochte das Mädchen. Vielleicht würde die ja einen guten Einfluss auf Felix ausüben. Sie wusste allerdings nicht, dass sie Felix vor Kurzem den Laufpass gegeben hatte.

Mit dem Auto fuhr Felix dann nach Lützel. Eine Stunde lang fuhr er durch das Gewerbegebiet. Frustriert parkte er am Straßenrand, setzte sich wegen der größeren Beinfreiheit auf den Beifahrersitz und wartete. Nach einer weiteren halben Stunde wollte er schon wieder zurück fahren. Doch dann sah er sie plötzlich im Rückspiegel. Sie kam den Bürgersteig hoch und gesellte sich zu einer anderen Frau, die unter einer Laterne stand. Einige Minuten später ging sie gemächlichen Schrittes weiter. Sie hatte Stöckelschuhe an und trug einen Minirock. Felix grinste. „Eigentlich hat sie ganz hübsche Beine", dachte er.

Während sie sich seinem Auto näherte, ließ er das Seitenfenster herunter. Als sie auf seiner Höhe war, sprach er sie an: „Hallo, komm doch mal her!" Katrin Raschke kam auf sein Auto zu. „Na, Kleiner, du willst wohl mal mit Mutti?", flötete sie. Der Kleine steckte den Kopf aus dem Seitenfenster und entgegnete: „Aber ja doch, Frau Raschke. Wir könnten es mal miteinander probieren."

In dem Moment erkannte Katrin Felix, den Sohn des reichen Steuerberaters, der Michael seit dem Kindergarten oft drangsaliert hatte und über dessen Gemeinheiten ihr Sohn immer wieder mal erzählt hatte. Sie holte aus und verpasste ihm eine heftige Ohrfeige. Sein Kopf schlug gegen den Rahmen des geöffneten Autofensters. Das entsprach eigentlich nicht ihrem Naturell, aber eine plötzlich aufkommende Wut war über sie gekommen. „Schäm dich, Felix", zischte sie und entfernte sich in Richtung ihrer Kollegin.

Da nun anscheinend ihr Lebenswandel in halb Daun bekannt war, zogen Raschkes alsbald nach Koblenz. Eduard verlor so zwar seine Kumpels in der Kneipe um die Ecke, aber er sah nach anfänglichem Zaudern ein, dass die Anonymität der Großstadt vorteilhaft war. Und Kneipen gab es auch dort.

Felix hingegen hatte gelernt, dass man seinen Kopf weder vor Tunneln noch in dem Gewerbegebiet von Lützel zu weit aus dem Seitenfenster herausstrecken sollte. Das hielt ihn jedoch nicht davon ab, Gleichgesinnten zu erzählen, er habe die Mutter von Michi - die kleine Nutte - flach gelegt. Die hätte aber eigentlich rein gar nichts zu bieten.

12

Michael arbeitete nun im dritten Jahr für Herrn Schmitz. Der Auf- und Abbau der Schiffsschaukel verlangte einiges an Geschick, Kraft und Zuverlässigkeit. Einen Unfall wie vor vier Jahren, bei dem ein Kind schwer verletzt worden war, durfte es nicht noch einmal geben. Das könnte den Entzug der Betriebserlaubnis für Otto Schmitz zur Folge haben. Mit Michael war Herr Schmitz zufrieden. Der Junge tat seine Arbeit, redete nicht viel und war nach Aussage des Mannes, mit dem sich Michael den Wohnwagen teilte, umgänglich.

Das fanden auch die drei anderen bei Herrn Schmitz beschäftigten Gehilfen. Besonders fand das aber auch die Frau von Herrn Schmitz. Sie war mindestens fünfzehn Jahre jünger als ihr Mann, hatte rabenschwarze, schulterlange Haare und bewegte sich trotz ihrer leicht molligen Figur mit einer gewissen Anmut über den Platz.

Wenn sie im Kassenhäuschen saß, lächelte sie nachmittags die Besucher des Jahrmarktes charmant an. Spätabends fiel ihr das allerdings schwerer. Sie war dann müde und sah gelangweilt aus. Es fiel Michael auf, dass sie ihn genau beobachtete. Immer dann, wenn ihr Mann nicht anwesend war, versuchte sie, ihn in ein Gespräch zu ziehen.

Michael war jetzt 19 Jahre alt. Die harte Tätigkeit gefiel ihm, sie hatte seinen Körper gestählt. In den heißen Sommermonaten arbeitete er meistens in kurzer Hose und Unterhemd. Der Schweiß stand auf seiner braungebrannten Haut, sein muskulöser Oberkörper glänzte in der Sonne und die Augen von Jelena Schmitz glänzten ebenso.

Eines Morgens, es war auf dem jährlichen Jahrmarkt in Bitburg, ergriff Frau Schmitz die Initiative. Ihr Mann war gerade in der Strafanstalt im zwanzig Kilometer entfernten Wittlich, wo er einem Neffen, der dort wegen eines unprofessionell ausgeführten Einbruchsdiebstahls einen längeren Zeitraum in einem 8 qm großen Raum mit schwedischen Gardinen logierte, einen Besuch abstattete. Michael hatte seine Routinekontrollen an der Mechanik der Schiffsschaukel abgeschlossen und saß nun auf dem Geländer vor dem Kassenhäuschen, in dem seine Chefin einige Vorbereitungen für den Nachmittagsbetrieb erledigt hatte. Er wollte gerade aufstehen und in Richtung seines Wohnwagens schlendern, als Jelena Schmitz ihn zu sich rief.

„Michi, ich sehe, du hast Langeweile. Ich mache jetzt auch eine Pause. Erwin vertritt mich hier an der Kasse. Wir beide könnten doch bestimmt ein gutes Tässchen Kaffee vertragen." Michael beschlich eine ungute

Vorahnung. Aber fünf Minuten später saß er zusammen mit Jelena in deren komfortablem Wohnwagen und hielt sich krampfhaft an einem großen Pott Kaffee fest, dem seine charmante Gastgeberin einen Schuss Irischen Whiskey hinzugefügt hatte.

Zuerst sprachen sie über das unerträglich schwüle Wetter. Michael war es in der Tat auch sehr schwül zumute. Dann erwähnte Jelena das Auf und Ab der Schiffsschaukel auf dem Jahrmarkt.. Sie meinte, das Auf und Ab würde ihr gefallen. Schließlich kam Jelena auf ihren Mann zu sprechen. „Er ist eigentlich gar nicht so übel. Unsere Ehe ist aber mit der Zeit ziemlich eintönig geworden. Er schaut mich kaum noch an. Außerdem weiß ich nicht, ob er nicht mit anderen Frauen …" „Oh", sagte Michael. Er schaute auf seine Kaffeepott. „Na ja, vielleicht braucht Otto etwas Abwechslung", erwiderte sie. „Dafür habe ich sogar ein bisschen Verständnis. Ein klein wenig Abwechslung kann ja nie schaden." „Aha", murmelte Michael und schob zur Verstärkung ein „Soso" hinterher.

Sie stand unvermittelt auf, schloss die Tür ihres Wohnwagens ab und setzte sich wieder, dieses Mal aber nicht auf ihren Sessel, sondern neben ihn auf das Sofa. Die obersten zwei Knöpfe ihrer Bluse standen offen. „Mein Mann ist jetzt mindestens drei Stunden weg", sagte sie und berührte seinen Arm. Er schlürfte an seinem Kaffee und wusste nicht, was er sagen sollte. Sie verdrehte die Augen in Richtung der Decke. Ein Anflug von Verzweiflung lag in ihrer Stimme. „Sag mal, Michi, hast du gar keine Freundin? Ich sehe nie ein Mädchen bei dir." „Ich lese viel", erwiderte er. Da legte sie ihren Kopf resignierend an seine Schulter. So saßen sie eine Weile wortlos nebeneinander. Michael spürte ihren weichen

Körper, ein wohliges Gefühl überkam ihn. Aber seine Hemmungen hielten ihn zurück.

Plötzlich hob sie jedoch ihren Kopf und schaute ihn halb spöttisch, halb verächtlich an. „Was bist du für ein Mann? Hast du noch nie eine Frau liebgehabt? Oder bin ich dir vielleicht zu hässlich?" Das war zu viel für ihn. Er packte sie, drückte sie nach hinten und seine Hand glitt in ihre Bluse. „Na endlich, Michi. Ich dachte schon, du bist vom anderen Ufer. Aber bitte nicht so stürmisch. Du erschreckst mich ja. Wir haben viel Zeit!", rief sie.

Nach gut zwei Stunden verließ er ihren Wohnwagen. „Das war gar nicht so übel, mein Süßer. Mit etwas Anleitung und Lerneifer kann es sogar noch besser werden. Versprich mir, dass du wieder kommst", hatte sie am Schluss gesagt. Er kam wieder. Zweieinhalb Monate lang. Und er konnte in dieser Zeit einiges lernen.

13

Doch die Lernphase fand ihr abruptes Ende, als Otto Schmitz eines Tage unzeitgemäß nach Hause kam. Er hatte verlauten lassen, dass er auf verschiedene Ämter müsse und außerdem Werkzeug kaufen wolle. Vor 15.00 Uhr sei er nicht zurück. In Wirklichkeit ging er jedoch in die Bahnhofsgastwirtschaft, bestellte sich ein großes Bier und wartete eine Stunde. Einer seiner Helfer hatte ihm gesteckt, dass Michael erstaunlich oft etwas in seinem Wohnwagen zu reparieren hätte und zwar immer dann, wenn er nicht zugegen war.

Als er an seinen Wohnwagen kam, war dieser verschlossen. Der Schlüssel steckte von innen. Er rüttelte an der Tür. Daraufhin hörte er aufgeregtes Getuschel und ein Stuhl fiel um. Er musste dreimal energisch klopfen, bis ihm endlich aufgemacht wurde. Seine Frau stand mit geröteten Wangen und nur flüchtig gekämmten Haaren in der Tür. Michael kniete mit nacktem Oberkörper vor der Spüle, eine Zange in der Hand. Unsicher blickte er auf. Otto Schmitz wütender Blick ging von ihm zu ihr und zurück. Da gab es nichts zu deuteln. Das war eindeutig!

Der massige Mann schob seine viel kleinere Frau unsanft beiseite. Vier weitere Schritte und er packte Michael, schleppte ihn zur Tür und warf ihn die drei Eingangsstufen hinunter auf den Asphalt. Dann sprang er behänder, als man es ihm zugetraut hätte, hinterher und begann, auf ihn einzuprügeln. „Du Lump!", brüllte er, „was machst du mit meiner Frau? Ich bezahle dich gut und was ist dein Dank dafür? Schämst du dich nicht?"

Michael hielt beide Arme vor sein Gesicht, um sich zu schützen. Er taumelte zur Seite. Die Zange hielt er noch immer in der Hand. Im nächsten Moment traf ihn jedoch ein heftiger Faustschlag auf die Nase, die sofort anfing zu bluten. Ein Fußtritt gegen sein Knie folgte. Die Wut von Otto schien sich noch zu steigern. Mit beiden Fäusten traktierte er den Liebhaber seiner Frau.

Michael wusste, dass er das nicht lange durchstehen würde. In seinem Kopf begann es zu rauschen. Aus blau angeschwollenen Augen sah er schräg nach oben. Plötzlich war ihm, als ob sein Stiefvater auf ihn einschlagen würde. Als kleiner Junge war er der Brutalität dieses Mannes ausgeliefert gewesen. Diese Erinnerung hatte ihn zeitlebens verfolgt. Doch jetzt, jetzt konnte er sich wehren. Er holte aus und schlug seinem Kontrahenten mir der Zange auf den Kopf.. Der taumelte zurück, kam jedoch gleich wieder auf ihn zu und versuchte, ihm das Werkzeug zu entwenden. Da schlug Michael erneut zu. Einmal, zweimal, dreimal. Der andere fiel zu Boden. Er saß jetzt auf dem Bauch des Mannes und drückte ihm den Hals zu.

Von weit her - so kam es ihm vor - hörte er plötzlich eine Frau schreien. „Hilfe, so helft doch, er bringt ihn um!" War das die Stimme seiner Mutter, die sich immer wieder zwischen ihn und ihren Mann geworfen hatte, als dieser ihn blindwütig verprügelte? Er packte Ottos Kopf und wollte ihn auf den Boden schlagen. Doch ein Frauenschuh schob sich blitzschnell zwischen den Kopf des schon Bewusstlosen und den Asphalt, so dass der Aufprall abgemildert wurde. Jelena riss ihn an seinen Haaren nach hinten. Dann packten ihn kräftige Männerarme und zogen ihn weg.

Nach Luft japsend und zitternd saß er auf dem Boden. Otto Schmitz lag regungslos vor ihm, Beine und Arme weit ausgestreckt. Der schnell herbeigerufene Krankenwagen brachte den Schausteller auf die Intensivstation, wo er eine Woche im Koma lag. Einen doppelten linksseitigen Schädelbasisbruch, ein zertrümmertes Jochbein und mehrere ausgeschlagene Zähne diagnostizierten die Ärzte. Danach folgten über einen Monat Krankenhausaufenthalt und anschließende Maßnahmen in einer Reha-Klinik.

Vor Gericht plädierte Staatsanwalt Sommer auf versuchten Totschlag. Das erlaubte Maß an Selbstverteidigung sei hier weit überschritten worden. Wer mit einem Eisenwerkzeug mehrfach zuschlüge, den anderen würge und den Kopf auf den Boden schlüge, nähme den Tod des Widersachers billigend in Kauf.

Außerdem hätte er weglaufen können, als der von ihm schändlich betrogene Ehemann ihn attackiert habe.

Sein Pflichtverteidiger, ein junger unerfahrener Rechtsanwalt, hatte den Ausführungen des Staatsanwaltes nicht allzu viel entgegenzusetzen. Er tat jedoch sein Bestes, um Michael zu entlasten. Er führte an, dass der Ehebruch nicht von Michael ausgegangen wäre, sondern von der Ehefrau des Geschädigten. Sein Mandant hätte zudem eine sehr schlechte, von Gewalt geprägte Kindheit gehabt, was in dieser Auseinandersetzung, in welcher auch er eine angebrochene Kniescheibe, eine Platzwunde am Kopf und mehrere Blutergüsse erlitten habe, einen psychischen Ausnahmezustand wahrscheinlich mache.

Das abschließende Urteil lautete auf dreieinhalb Jahre Gefängnis ohne Bewährung wegen versuchtem Totschlag in einem minder schweren Fall. Außerdem müsse der Inhaftierte in der Strafanstalt an einem Anti-Aggressionstraining teilnehmen. Bei der Bemessung des Strafmaßes wurde das noch jugendliche Alter des Angeklagten berücksichtigt. Eine Entwicklungsver-zögerung sei laut eines psychiatrischen Gutachtens allerdings nicht festzustellen. Michaels Kopf war bei der Urteilsverkündung tief auf seine Brust gefallen. Er und sein Rechtsbeistand nahmen das Urteil an. Im Hintergrund hörte man ein unterdrücktes Schluchzen. Das war Frau Raschke, die, wie an jedem Tag des Prozesses, auf der letzten Bank des Gerichtssaales saß.

14

So kam es, dass Michael in die Strafanstalt Wittlich einrückte. Eigentlich hatte er sich freiwillig zur Bundeswehr melden wollen. Er war durchtrainiert, gewissenhaft in seiner Arbeit und von der Notwendigkeit einer Armee überzeugt. Doch nun konnte er eine Verpflichtung als Zeitsoldat aus seiner Lebensplanung streichen.

In seiner Zelle befand sich ein zweiter Mithäftling. Ein Figaro mit Abitur, der vorher Filialleiter eines Edelsalons einer Friseurkette gewesen war. Da es sein Ehrgeiz war, einmal ein eigenes Geschäft zu besitzen und er dafür Geld brauchte, hatte er seinen Chef um einen nicht unbeträchtlichen Teil der Einnahmen des von ihm geführten Salons betrogen. Er hieß Clemens, Clemens Reinhard, und war schwul. Keiner wollte mit ihm in einer Zelle liegen. Zwei Mithäftlinge hatten schon auf ihren Antrag hin den Raum wechseln dürfen.

Michael blieb jedoch. Ihm war noch gut in Erinnerung, dass in der Grundschule keiner freiwillig neben ihm sitzen wollte, da seine Kleidung billig und unmodern war und oftmals auch noch müffelte. Er konnte sich noch gut an seine Gefühle der Demütigung und Scham von damals erinnern. Zwar versuchte Clemens vorsichtig zu erkunden, ob sein neuer Zellengenosse vielleicht seine sexuellen Neigungen teilte, doch Michael machte ihm schnell klar, dass er bei ihm an der falschen Adresse war. Das hätte Clemens eigentlich auch schon vorher wissen können, denn über Michaels Bett hing, sozusagen als Einschlafhilfe, ein Poster mit einer kurvenreichen Playboy-Schönheit.

Drei Zellen weiter wohnte Richard, groß, schwabbelig und angeberisch. Er wurde von allen Richie genannt, erzählte pausenlos Witze, die keiner verstand und versorgte das halbe Gefängnis mit Drogen. Richie gefiel sich darin, jeden Morgen beim Frühstück Clemens laut mit „Herr Tussi" zu begrüßen und ihn auch sonst seine Überlegenheit spüren zu lassen. Dies gefiel aber weder Clemens noch Michael.

Eines Morgens, der Frühstücksraum hatte sich schon fast geleert, ging Michael zu Richard, der noch an seinem Brötchen kaute, hin, beugte sich über seine Schulter und sagte sehr freundlich:

„Hör mal, Richie. Wenn du noch ein einziges Mal Clemens mit Herr Tussi begrüßt, geb ich dir bei günstiger Gelegenheit dermaßen was auf die Zwölf, dass du die Glocken des Peterdoms in Rom hörst."

Der Angesprochene riss die Augen auf und nuschelte: „Ich kenne nur den Dom in Köln."

„Das ist bei deinem Bildungshorizont kein Wunder", entgegnete Michael. „Aber du hast recht. Die Glocken des Kölner Doms sind das Vorspiel nach meinem ersten Schlag. Beim zweiten Schlag hörst du dann die Glocken des Peterdomes."

Diese Worte versetzten den Drogenboss en miniature kurzzeitig in einen Zustand tiefer Meditation. Zur Verwunderung von Clemens, der von der kurzen Unterhaltung nichts mitbekommen hatte, benahm sich Richie danach erstaunlich manierlich. Er schien vergessen zu haben, jemals die Worte „Herr Tussi" in den Mund genommen zu haben.

15

Felix hatte im Gegensatz zu Michael nicht vor, sich zur Bundeswehr einziehen zu lassen, zumal schon seit einiger Zeit in Deutschland heftig diskutiert wurde, die Wehrpflicht ganz abzuschaffen. Er erwog deshalb eine Wehrdienstverweigerung. Er suchte den örtlichen Pfarrer auf, um sich von ihm bezüglich religiös motivierter Verweigerungsgründe beraten zu lassen. Hier glaubte er sich in guten Händen, denn Herr Molitor unterrichtete auch nebenbei am Sankt-Laurentius-Gymnasium das Fach Religion. Felix hatte ihn zwar nur zwei Jahre in der Orientierungsstufe als Lehrer gehabt, doch dem Pfarrer war auch später noch das eine oder andere - und nicht nur Gutes - über Felix zu Ohren gekommen. Was Felix nämlich unterschätzte, war der Umstand, dass sich nicht nur Schüler über Lehrkräfte, sondern auch Lehrkräfte über Schüler in angeregten Gesprächen - in diesen Fällen natürlich pädagogisch begründet – auszutauschen pflegen. Außerdem hatte der Pfarrer Felix noch nie im Gottesdienst oder bei anderen kirchlichen Veranstaltungen gesehen. Nach einer relativ kurzen Unterhaltung gab er dem überraschten jungen Mann denn auch zu verstehen, dass er an seiner christlichen Motivation zweifele und ihn deshalb nicht weiter in seinem Vorhaben unterstützen wolle. Trotzdem wünsche er ihm für seinen weiteren Lebensweg alles Gute.

Danach ging Felix aufs Ganze und suchte einen Arzt, einen guten Steuermandanten seines Vaters, auf. Er hatte nämlich gelesen, dass man durch Wehrdienstuntauglichkeit nicht nur die Bundeswehr, sondern auch den Zivildienst, zu dessen Ableistung er auch keine besondere Neigung verspürte, umgehen konnte, denn laut Gesetz konnte zum Ersatzdienst nur derjenige herangezogen werden, der auch wehrdiensttauglich war.

Der Mediziner erwies sich als weniger störrisch als der wackere Gottesmann, zumal Felix sich auf Grund des vorangegangenen Fehlschlages gut vorbereitet hatte und seine verschiedenen körperlichen Beeinträchtigungen, die bis auf die Kopfschmerzen nach durchfeierten Nächten allesamt erlogen waren, überzeugend darstellen konnte.

Nach dieser erfolgreichen Aktion schrieb sich Felix an der Universität Trier für ein rechtswissenschaftliches Studium ein. Seine Eltern waren stolz auf ihn, obwohl sein Vater bezüglich der Erschleichung des Arztattestes ein bedenkliches Gesicht machte. Auch einer seiner Großväter, der noch in Nordafrika als blutjunger Freiwilliger unter General Rommel gekämpft hatte, rümpfte die Nase. Vor El-Alamein wäre dieser Großvater mit einem Granatsplitter im Bauch fast im Wüstensand krepiert, hätte ihn nicht ein italienischer Sanitätssoldat aus der Kampfzone geschleppt.

„Ohne den Italiener gäbe es dich überhaupt nicht", hatte er einmal zu Felix gesagt und hinzugefügt: „Glaube bloß nicht, dass der Mensch sich in unseren ach so aufgeklärten Zeiten plötzlich ändert. Krieg und Unterdrückung wird es vermutlich immer geben, vor allem dann, wenn eine Seite sich blauäugig militärische Schwäche erlaubt. Nur borniert Gutmenschen glauben das Gegenteil. Die Juden wären von den Arabern längst ins Mittelmeer geworfen worden, hätten sie in vier aufeinanderfolgenden Kriegen nicht die Oberhand behalten. Und die gnadenlose wirtschaftliche Unterdrückung vieler Länder dieser Erde beruht letzten Endes auf deren militärischer Schwäche. Natürlich kann man sich bemühen, die Welt gerechter zu gestalten, aber bis dato sollte man sich wehrhaft zeigen, sonst gehört man schnell selbst zu den Verlierern. Auch der absolut unsoldatische Adenauer hat das so gesehen und deshalb gegen alle Widerstände die Bundeswehr gegründet. Das ist alles sehr traurig, aber die Realität."

Derart abgründige Gedankengänge waren Felix jedoch völlig egal. Der andere Großvater hatte ihm ohnehin immer die großzügigeren Geldgeschenke gemacht.

Sein Abiturzeugnis war nicht ganz so gut ausgefallen, wie er es erhofft hatte. Insbesondere seine Mutter war der Meinung, einige Lehrer hätten seine Fähigkeiten nicht richtig gewürdigt. Gymnasiallehrer würden an der Universität halt nicht die pädagogische Ausbildung erhalten wie z.B. Grundschullehrer an der Pädagogischen Hochschule. Aber für das rechts-wissenschaftliche Studium an der „Provinzuniversität" Trier gab es seit diesem Semester überraschenderweise keinen Numerus Clausus mehr. Insofern war der Notendurchschnitt der Reifeprüfung nun sowieso egal.

Auch Alexandra Kettler studierte jetzt Sozialpädagogik an der Fachhochschule in Trier. Um ihrem Vater finanziell nicht zu schwer auf der Tasche zu liegen, jobbte sie noch im Kinderheim „Vereinigte Hospizien e.V.", in dem vom Jugendamt zugewiesene, schutzbedürftige Jungen und Mädchen betreut wurden. Am Wochenende fuhr sie oft nach Hause. Um den Haushalt und die Kinderbetreuung musste sie sich jedoch nun nicht mehr kümmern, da ihr Vater eine neue Lebenspartnerin gefunden hatte. Aber sie vermisste ihre Familie, insbesondere den kleinsten Bruder, sehr.

Zufällig begegneten sich Felix und Alexandra an einem heißen Nachmittag im Sommer in der Fußgängerzone nahe der Porta Nigra. Beide waren überrascht. Nach einigen Minuten Smalltalk überredete Felix Alexandra zu einem Eis in einem nahegelegenen Straßencafé. Etwas zögernd folgte sie ihm. Sie hatte nach einigen kleineren Besorgungen jetzt bis zum Abend frei. Im Café erzählte er ihr ausführlich von seinem Jurastudium. Das sei zwar oft recht trocken, würde ihm aber nach erfolgreichem Abschluss im Leben sicher gute Zukunftschancen eröffnen.

Alexandra berichtete ihm ebenfalls über ihren Studienbeginn und über ihre Arbeit in dem Kinderheim, die ihr viel Freude mache. Felix fand lobende Worte für ihr Engagement für sozial Benachteiligte, ihren Fleiß an der Hochschule und ihre neue moderne Kurzhaarfrisur. Sie sähe toll aus, sagte er. Er erfuhr auch, dass Alexandra noch nicht viele Freunde an ihrem neuen Wohnort gefunden hatte. Studium und Nebenjob ließen ihr dazu wenig Zeit. Am Ende lud er sie ein, zum Sommerfest in seine Verbindung zu kommen. Da würde sie viele nette Leute kennenlernen. „Mal sehen", war ihre unbestimmte Antwort. Später während des Nachtdienstes im Kinderheim dachte sie jedoch, dass etwas Abwechslung und Spaß hin und wieder nicht schaden könnten.

Das Sommerfest war in der Tat eine fröhliche Veranstaltung. Die Korpsstudenten hatten sich bei der Vorbereitung Mühe gegeben. Wein und Bier floss in Strömen, im Garten waren Sitzgruppen aufgestellt worden und Lampions hingen an den Ästen von Bäumen. Einige lustige Einlagen der Gastgeber hoben zusätzlich die Stimmung. Anfängliche Berührungsängste waren schnell überwunden, da man sichtlich bemüht war, auch noch unbekannte Gäste in die Gespräche zu integrieren. Alexandra unterhielt sich besonders angeregt mit zwei jungen Frauen, deren Freunde ebenfalls der Verbindung angehörten. Man versprach sich gegenseitig, sich demnächst mal wieder zu treffen, - vorzugsweise auch mal ohne Männerbegleitung!

Es war schon deutlich nach Mitternacht, als Alexandra leicht beduselt den Weg zur Bushaltestelle antrat, um noch den letzten Bus zu erreichen. Felix hatte ihr angeboten, sie in seinem Sport Coupé nach Hause zu fahren. Sie hatte jedoch dankend abgelehnt. „Du hast viel zu viel getrunken", meinte sie. „Du fährst in dem Zustand am Ende noch in die Mosel. Außerdem willst du doch wohl nicht von der Polizei angehalten werden, deinen Führerschein loswerden und vielleicht sogar deine zukünftige Juristenkarriere gefährden."

Außerdem verspürte sie jetzt das Bedürfnis, alleine zu sein, um über das nachzudenken, was Felix ihr am Ende der Party anvertraut hatte. „Michi ist wegen Totschlags zu einer langjährigen Haftstrafe verurteilt worden", hatte er gesagt und im Verschwörerton hinzugefügt: „ Na ja, wer aus einer solchen Familie kommt…" „Wieso? Was hat seine Familie damit zu tun?" „Das weißt du nicht? Das weiß doch fast jeder in Daun. Seine Mutter geht in Koblenz anschaffen." Alexandra war sichtlich bestürzt.

16

Am späten Nachmittag des folgenden Tages saß Felix mit einigen seiner Korpsbrüder im Speisesaal des Verbindungshauses. Man hatte das Chaos der letzten

Nacht schon zum Teil aufgeräumt und war jetzt erst mal dabei, den Nachdurst zu löschen.

„Was ist los mit dir, Felix?", fragte der kleine Carsten. „Du siehst irgendwie derangiert aus. Wohl zu tief ins Glas geschaut, was?"

„Nee, das ist es nicht. Ich vertrag ja nun einiges."

„Dann signalisiere deinen Brüdern mal, was den langen Felix so bedrückt. Du kennst doch unser Motto: lebenslange, unverbrüchliche Freundschaft."

Als Felix ein paar Momente immer noch nichts sagte, setzte Carsten nach: „Ist es wegen dem Mädchen, das du mit zum Sommerfest gebracht hast?"

„Ja, ja, aber das geht keinen was an."

„Komm schon! Man konnte es den ganzen Abend lang sehen. Du hast sie nicht aus den Augen gelassen. Wir haben schon befürchtet, du bekommst einen steifen Nacken davon."

„Er ist verliebt in sie!", konstatierte Konrad.

„War das so offensichtlich?", wollte Felix kleinlaut wissen.

„Mehr als das! Aber die junge Dame verhielt sich dir gegenüber ziemlich neutral. Stimmt´s?"

„Kann man so formulieren. Aber wenn das für jedermann erkennbar war, kann ich es euch ja sagen. Ja, ich bin in Alexandra verknallt. Und das Schlimme ist, ich kann nichts dagegen tun."

„Und da machte es Wumm! Das kenn ich", mischte sich jetzt Eberhard ein.

„Nee, so war das nicht bei mir. Wumm hat es nicht gemacht. Es war eigentlich mehr eine langsame Entwicklung seit der Grundschulzeit. Zeitweise war es fast eine Art Obsession. Eigentlich untypisch für mich."

„Bei dir hat aber die Pubertät früh eingesetzt." Eberhard grinste in die Runde. „Ich habe übrigens auch eine hübsche Schwester."

„Noch so eine blöde Bemerkung und ich hau dir eine aufs Maul. Du siehst doch, dass unser Felix leidet", brummte Konrad.

„Also richtig lustig scheint das für unseren Felix nicht zu sein, Freunde", sagte jetzt der stets um Harmonie bemühte Justus. „Können wir da irgendwie behilflich sein, alter Schwede?"

„Eigentlich gar nicht, Justus. Das muss ich alleine regeln. Aber ihr kennt mich ja. Ich bin zwar ein ziemlich fauler, versoffener Sack, wenn es nötig ist allerdings auch hartnäckig. So schnell geb ich nicht auf."

„So ist es recht, Felix. Jetzt bist du wieder der Alte. Genau so kennen wir dich. Aber wenn du Beistand benötigst, lass es uns wissen."

„Hat sie vielleicht einen anderen und wollte nur mal sehen, wie das bei uns so ab geht?", insistierte Carsten.

„Ich weiß es nicht." Felix wirkte verzweifelt. „In der Schule jedenfalls hatte sie öfter so einen Loser an ihrer Seite. Könnte sein, dass sie immer noch in den vernarrt ist."

„Ist er denn eine ernsthafte Konkurrenz? Wer ist das denn? Studiert der auch in Trier?"

„Nee, der sitzt zurzeit in Wittlich im Gefängnis."

Alle rissen die Augen auf. Konrad fing sich als erster wieder: „Der angehende Rechtsanwalt und der Knastbruder als Konkurrenten. Das ist ja mal was ganz Neues."

„Tja, Frauen sind unergründlich", tat Carsten kund.

„Woher will der kleine Carsten das denn wissen?"

„Der kleine Carsten lebt schon lange genug auf dieser merkwürdigen Welt, dicker Konrad, um das zu wissen", entgegnete der Angesprochene.

Einige weitere tiefschürfende Beiträge zum Leben im Allgemeinen und zur Unergründbarkeit weiblicher Liebe im Besonderen folgten, bis schließlich der Fuchsmajor das Kommando übernahm:

„So, jetzt mal Schluss mit dem Gesäusel. Sonst fangen wir alle noch an zu heulen. Über den Knacki können wir uns später noch einmal wundern. Die Marschrichtung ist klar. Wir stehen alle an Felix´ Seite. Aber die Küche muss noch aufgeräumt und die Tische aus dem Garten in den Keller befördert werden."

Der Fuchsmajor erhob sein Glas und rief mit seiner hohen Fistelstimme: „Zum Wohlsein, nicht zum Vollsein!"

Seine Verbindungsbrüder antworteten:

„Hört, hört!"

„Dass gerade du das sagst…"

„Was hat dich denn gebissen?"

„Lasst mal gut sein! Heute Abend ist er wieder normal!"

Der Fuchsmajor fistelte zurück: „Okay! Wenn euch das besser zusagt: Auf die Freundschaft, die Pflicht und die Wahrheit!"

Die anderen brüllten mehrstimmig zurück: „Auf die Freundschaft, die Pflicht und die Wahrheit!" Das war das ehrgeizige Motto des Korps Treveris.

Sie tranken ihr Glas in einem Zug aus, standen auf und machten sich an die Arbeit.

17

Draußen auf der Straße gingen gerade Joachim und Walter, ein Soziologiestudent und ein Politikstudent, an den geöffneten Fenstern des Hauses vorbei.

„Was war das denn?", fragte der Erste.

„Die Internationale war das nicht", antwortete der Zweite.

„Mich gruselt's."

„Fang dich ein! Die stecken wir in den Sack.", schalt ihn der angehende Politiker.

„Ich dachte, wir sind international und friedlich."

„Nee, wenn ich solche nationalen Arschlöcher vor mir habe, mutiere ich vom Pazifisten zum Stalinisten."

„Stalin! War das nicht der Typ, der das Paradies auf Erden schaffen wollte und in der Hölle gelandet ist, wie so manche vor und auch nach ihm?"

„Okay, okay, ich ersetze den Stalinisten durch den Leninisten."

„Das klingt schon ein wenig besser. Aber man könnte doch versuchen, das Internationale und das Nationale miteinander zu versöhnen?"

„So ein ‚Quatsch. Du hat wohl Marx nicht richtig verstanden. Feuer kann nur mit Wasser bekämpft werden. Man muss einen Standpunkt haben. Alles andere ist Wischiwaschi und führt zu nichts."

„Und Leute wie du sind natürlich das Wasser und stehen für das Gute in dieser Welt."

„Jetzt hast du es verstanden!", meinte Walter.

„Da bin ich mir gar nicht so sicher. Es geht meistens schief, wenn man an der menschlichen Natur vorbei Politik betreiben will. Könnte der tiefere Grund für alles Unglück auf dieser Welt bedauerlicherweise nicht der sein, dass der Mensch ohne Streit und Kampf nur schlecht auskommt. Ohne diese Veranlagung hätte er sich sonst über die Millionen von Jahren wohl kaum in die Position des Oberaffen hocharbeiten können?"

„Noch so ein Kalauer und ich muss dir vor die Füße kotzen."

„Nur zu, das verschafft manchmal Erleichterung."

„Hör mal, der Kampf hat gerade erst begonnen."

„Siehst du, ich habe recht!"

„Keineswegs! Wo kommen wir denn hin, wenn es keinen Idealismus mehr gäbe!?"

„Sind das die mit den leuchtenden Augen?", fragte der Soziologe mit unschuldigem Augenaufschlag.

„Genau die! Die bringen etwas Licht in die Dunkelheit."

„Das ist ja fast wie eine neue Religion. Und was ist, wenn die Bevölkerung diesem Licht nicht folgen will?"

„Dann muss sie überzeugt werden."

Doch Joachim hatte da so einige Vorbehalte und sagte: „Als störend empfinde ich nur, dass diese Weltverbesserer ihren vorgeblichen Idealismus immer wie Orden vor sich hertragen, obwohl nicht bewiesen ist, dass gerade ihre Ideen die richtigen sind."

„Du willst also die Welt weiterhin in ihrem Delirium dahinvegetieren lassen?"

„Nee, mitnichten! Aber es wird immer den Kampf zwischen verschiedenen politischen Theorien sowie zwischen Klugheit und Mitmenschlichkeit auf der einen Seite und Engstirnigkeit und Rücksichtslosigkeit auf der anderen Seite geben. Und da muss man versuchen, durch Vernunft zu tragfähigen Kompromissen zu gelangen."

Walters Geduld schien erschöpft zu sein. „Leute wie du spülen mit ihrer Kompromissdusseligkeit alles weich. Dann geht es immer so weiter wie bisher. Merkst du denn nicht, dass die Welt einer Katastrophe entgegen taumelt?"

„Das haben vor dir schon viele behauptet. Aber gut, in der heutigen Zeit sind die Gefahren ungleich größer als in der Vergangenheit. Ich bin allerdings der Ansicht, dass unsere Spezies dann, wenn es um die nackte Existenz geht, plötzlich erstaunlich vernünftig agieren wird."

„Genau in diesem Punkt unterscheiden wir uns wahrscheinlich. Ich glaube nicht a priori an die Vernunft der Masse. Für eine zukunftweisende gesellschaftliche Entwicklung braucht man die richtigen Führer."

„Das ist der Unterschied zwischen einem Realisten wie mir und einem Ideologen wie dir", konstatierte der Soziologe.

„Können wir nach solch einem Disput überhaupt noch ein Bier miteinander trinken?

„Eins? Zwei, drei, vier, du Arschloch! Komm mit, dort vorne ist das „Zapotex". Ich hab Durst!"

Nach dem zweiten Bier der beiden konträren Welterklärer öffnete sich die Tür und vier Studenten der Burschenschaft Treveris betraten die Kneipe. Man erkannte sie sofort an ihren Anstecknadeln. Die Lokalität war um diese Uhrzeit schon gut gefüllt. Sie schauten sich um und entdeckten noch leere Plätze am Tisch von Joachim und Walter, deren Geist und deren Körper spontan in einen Spannungszustand gerieten. Doch es kam anders als sie dachten.

Nach der höflichen Frage des Fuchsmajors, ob man sich zu ihnen gesellen dürfe, und dem brummigen Einverständnis der Angesprochenen gönnte man sich zunächst eine Schweigeminute, während der man sich gegenseitig visuell abtastete. Danach entwickelte sich jedoch ein anfangs vorsichtiges, dann aber zunehmend lockereres Gespräch über die Welt im Allgemeinen, das Studium und die Frauen.

Nach weiteren Halben war man sich darüber einig, dass die Welt problematisch, das Studium ziemlich schwer und die Frauen manchmal sehr wohltuend und manchmal weniger wohltuend seien. Letzterer Ansicht war vor allem Felix.

Im Laufe des Abends fanden sie heraus, dass man in vielen lebenskundlichen Fragen übereinstimmte, in weltanschaulichen, insbesondere politischen, hingegen oft unterschiedlicher Meinung war. Unter dem Einfluss von einigen zusätzlichen Schnäpsen maß man dem jedoch keine kriegsentscheidende Bedeutung bei, sondern betonte eher den Wert von Toleranz und gegenseitigem Respekt.

Als man sich zu später Stunde mit Handschlag voneinander verabschiedete, hatten alle das Gefühl, einen relativ angenehmen, den eigenen Horizont erweiternden Abend miteinander verbracht zu haben.

18

In der JVA bekam Michael regelmäßig Besuch von seiner Mutter. Sie brachte ihm jedes Mal selbstgebackenen Kuchen oder Krabbensalat, den er schon als Kind so gerne gegessen hatte, mit. Eines Tages erzählte sie ihm, dass ein Mann, der regelmäßig ihre Dienste in Anspruch nahm, sie schon mehrfach gebeten habe, mit ihm einmal ganz privat auszugehen. Das letzte Mal wäre sie seiner Einladung gefolgt. Es sei ein schöner Abend gewesen. „Weiß Eduard davon?", fragte Michael.

„Wo denkst du hin? Natürlich nicht! Er würde ausrasten, obwohl er selber manchmal nächtelang nicht nach Hause kommt. Wer weiß, wo er dann ist!?", antwortete sie. Michael schaute sie aus zusammengekniffenen Augen an. „Pass auf dich auf, Mama!"

Einige Monate später brachte seine Mutter einen Brief mit. Sie deutete auf den Absender. „Von einer Alexandra Kettler. Ist das das Mädchen, das du aus der Schule kennst? Du hast oft von ihr gesprochen. Ich hatte fast schon vermutet, dass du in sie verschossen warst. Ich habe sie aber leider nie kennengelernt." Michael blieb stumm. Obwohl sie ihn genau beobachtete, konnte Katrin Raschke keinerlei Gefühlsregungen im Gesicht ihres Sohnes erkennen. Er drehte den Brief mehrfach in seinen Händen herum und murmelte schließlich: „Ich weiß auch nicht, was die noch von mir will." In seiner Zelle riss er den Umschlag hastig auf. Sein Blick flog über die mit sauberer Handschrift geschriebenen Zeilen.

Lieber Michi,

ich weiß gar nicht, wie ich anfangen soll. Aber es hat mich sehr betroffen gemacht, zu erfahren, dass du für eine längere Zeit im Gefängnis bist. Felix hat es mir erzählt. Er studiert jetzt Jura in Trier an der Uni. Ich habe mich an der FH für Sozialpädagogik eingeschrieben. Ab und zu treffe ich mich mit ihm und ein paar anderen Leuten, einige davon auch aus „Little Down". Ich fahre auch manchmal am Wochenende mit ihm zurück nach Hause, da ich selber kein Auto habe.

Schreibe mir mal. Ich will wissen, wie es dir geht. Wie stellst du dir deine Zukunft nach der Haft vor? Ich habe gehört, dass man auch in der Strafanstalt eine Berufsausbildung absolvieren oder zu Ende machen kann. Du darfst den Mut nicht verlieren!

Trier ist zwar ganz nett, später will ich aber in die Vulkaneifel zurückkehren. Stadtleben ist nichts für mich. Ein Landei bleibt eben ein Landei!

Leider konnte oder wollte niemand mir sagen, in welcher Strafanstalt du dich befindest. Über verschiedene Ecken habe ich deshalb die neue Adresse deiner Eltern in Erfahrung gebracht und deiner Mutter den Brief zukommen lassen mit der Bitte, ihn dir zu geben. Gerne würde ich dich auch einmal besuchen, aber ich weiß nicht, ob du das überhaupt möchtest.

Liebe Grüße
Alexandra

Sorgfältig gefaltet legte Michael den Brief in seinen Schrank unter die Oberhemden. Ab und zu holte er ihn wieder heraus, um ihn nochmals zu lesen. Beantworten tat er ihn jedoch nicht. Er schämte sich zu sehr. Auf die wiederholten vorsichtigen Nachfragen seiner Mutter bei ihren Besuchen gab er ausweichende Antworten.

19

Felix hätte nicht gedacht, dass das Studium in Rechtswissenschaft so schwer sein würde. Mehrere Klausuren bestand er erst im zweiten Anlauf mit Hilfe von älteren Kommilitonen, die die schriftlichen Arbeiten bereits hinter sich gebracht hatten. Er musste unbedingt mehr lernen, wenn er seine gesteckten hohen Ziele erreichen wollte.

Auf der Fahrt nach Hause hatte Alexandra ihm genau dies deutlich zu verstehen gegeben. „Wenn du dein Lotterleben in der Verbindung so weiterführst, wirst du nie das Staatsexamen schaffen. Dann kannst du deinen Sportwagen verkaufen und dir einen gebrauchten VW Polo anschaffen. Vielleicht nehmen sie dich dann noch bei der Justiz als Gefängnisaufseher." Aber diesen Weg wollte Felix möglichst nicht gehen. Also zog er aus dem Verbindungshaus aus und in ein kleines, aber schickes Appartement ein, wo er weniger Ablenkung hatte und in Ruhe arbeiten konnte. Seine neue Bleibe lag ganz in der Nähe von Alexandras Studentenzimmer und auch nicht allzu weit weg von der Verbindung, der er natürlich weiterhin angehörte.

Nach dem fünften Semester machte Felix ein Praktikum am Landgericht Trier. Im Rahmen dieses Praktikums stand auch ein Besuch in der Justizvollzugsanstalt Wittlich auf dem Programm. Als er und zwei weitere Praktikanten die Werkstätten gezeigt bekamen und sich danach noch ein paar Minuten frei darin umschauen konnten, traf er auf Michael.

Er tat ahnungslos. „Hallo Michi, was machst du denn hier? Ich fasse es nicht! Bist du hier der Aufsicht führende Werkstattleiter?"

Der Angesprochene senkte den Blick. Das unverhoffte Zusammentreffen war ihm sichtlich peinlich. „Nee, schön wär's ja. Aber ich habe eine Dummheit gemacht.

Zurzeit bin ich inhaftiert und schließe hier meine in Daun angefangene Ausbildung zum Metallbauer ab."

„Wann wirst du denn wieder auf die Gesellschaft losgelassen oder hast du lebenslang?" Felix lachte laut.

Die zwei anderen Studenten, die dabei standen, lachten jedoch nicht mit. An ihren Gesichtern war abzulesen,, dass sie den Humor ihres Kommilitonen nicht teilten. Die beiden gingen zu einer anderen Werkbank weiter.

„Hier in Wittlich befindet sich keiner, der mehr als fünf Jahre bekommen hat. Ich nehme an, das habt ihr schon im Laufe des Praktikums gesagt bekommen", erwiderte Michael missmutig.

„Schade Raschke, sonst hätte ich dich vielleicht später nach meinem Jurastudium als Direktor der Anstalt betreut."

Das Gespräch wurde Michael zunehmend unangenehm. Er versuchte sich in bitterer Ironie. „Ich bin sicher, ich hätte es dann gut gehabt. Einen alten Freund lässt man ja nicht in Ketten legen."

„Das kommt ganz darauf an. Vielleicht doch, Raschke. Auf jeden Fall wäre dir eine Sonderbehandlung sicher gewesen."

Michael wurde wütend. So etwas brauchte er sich nicht bieten zu lassen. „Weißt du was?", sagte er. „Wenn einer nicht auf die Gesellschaft losgelassen werden sollte, dann sind das Juristen wie du."

„Felix setzte eine Unschuldsmiene auf. „Aber, aber, Michi! Wer wird denn gleich so ausfallend werden? Du weißt doch, ich habe dir schon in der Schule gesagt: Wenn du so weitermachst, endet das böse."

Michael drehte sich zu seiner Werkbank um. „Hau einfach ab, du Idiot! Sonst klebe ich dir noch eine."

In der abschließenden Besprechung der Studenten mit dem stellvertretenden Anstaltsleiter am Nachmittag erwähnte Felix, ein gewisser Michael Raschke, den er noch flüchtig von der Schule her kenne, hätte ihn in einem an und für sich harmlosen Gespräch über Haftgründe und Haftbedingungen plötzlich beschimpft und ihm sogar Schläge angedroht. Vielleicht sollte man diesen Mann mal etwas eingehender beobachten. Auch oder gerade im Gefängnis sollte man seine Aggressionen unter Kontrolle haben.

Der Gefängnispsychologe, den der stellvertretende Anstaltsleiter am darauffolgenden Tag zu einem Gespräch bat, hatte jedoch bei dem Häftling seit seiner Einlieferung in die Strafanstalt keine besondere Neigung zur Aggression feststellen können. Im Gegenteil, er sei stets freundlich und umgänglich. In der Werkstatt des Gefängnisses stünde er kurz vor dem Abschluss seiner Ausbildung. Nach seiner Freilassung, so hätte er sich vorgenommen, wolle er vielleicht in eine größere Stadt im Ruhrgebiet ziehen, wo ihn keiner kenne, und dort nach Arbeit suchen.

20

Kurz vor seiner Entlassung aus der Haft, die wegen guter Führung bereits nach drei Jahren erfolgen sollte, bekam Michael unerwarteten Besuch. Als er das Besucher-zimmer betrat, saß dort Jelena. Sie hatte abgenommen und ihre früher rundlichen Schultern hingen nach vorne.

„Ich wollte dich schon viel früher besuchen", sagte sie. „Aber entweder war der Jahrmarkt zu weit weg oder irgendetwas kam dazwischen."

„Ich habe nicht erwartet, dass du mich überhaupt besuchen kommst, - nach dem, was vorgefallen ist." Michaels Mund war plötzlich ganz trocken.

„Vergangen ist vergessen. Das ist halt so passiert. Wenn irgendjemand daran Schuld hatte, dann ich. Ich war 28, du gerade 19", entgegnete sie.

„Wie geht es dir denn jetzt, Jela? Du scheinst ja nach wie vor bei deinem Mann zu sein. Hat er dir verziehen?"

„Ja, das sagt er jedenfalls", antwortete sie und versuchte zu lächeln. „Es geht mir so lala. Das Leben muss halt weitergehen."

Michael blickte sie nachdenklich an. „Also geht es dir nicht so besonders gut. Das tut mir leid."

Sie brach plötzlich in Tränen aus. „Du weißt ja selbst. Eigentlich ist er gar nicht so verkehrt. Aber irgendwie haben wir das nicht mehr hinbekommen. Er beachtet mich noch weniger als vorher. Wenn er mich anschaut, kommt es mir vor, als würde er durch mich hindurchsehen."

Ihre schwarzen Augen waren starr auf ihre ineinander verkrampften Hände gerichtet. Wie so oft fehlten Michael auch dieses Mal die richtigen Worte. Er sah zu dem Justizbeamten hinüber. Der saß bewegungslos auf dem Stuhl an der Tür und blickte diskret aus dem Fenster.

Michael ergriff Jelenas Hände und drückte sie. „Was willst du also tun?"

„Ich denke, ich werde in die Pfalz zurückgehen. Meine Familie wird mir helfen. Wir sind Sinti. Die helfen sich gegenseitig." Sie gab ihm die Adresse ihrer Schwester. „Vielleicht schreibst du mir ja mal …?"

65

Sie hatte ihm damals erzählt, dass sie an der Deutschen Weinstraße aufgewachsen war, wo Sinti schon seit dem 18. Jahrhundert – teilweise unter Zwang - sesshaft gemacht worden waren. In der Zeit des Nationalsozialismus seien fast alle in Konzentrationslager deportiert worden. Aber einige Familien, welche den Holocaust überlebt hätten, wären nach dem 2. Weltkrieg dorthin zurückgekehrt. Es war ja ihre Heimat. Ihre Kindheit in Gräfenhausen sei sehr glücklich gewesen. Als die Besuchszeit zu Ende war, griff sie in ihre Handtasche und zog ein kleines, reich verziertes Amulett heraus. „Ich hoffe, es bringt dir Glück", sagte sie.

21

Nachdem er seine Freiheit wiedererlangt hatte, erfuhr Michael von seiner Mutter, dass sie Eduard verlassen wolle. Er hatte sich das schon lange gewünscht. Doch er wusste nicht, ob seine oft so willensschwache, nachgiebige Mutter in der Konfrontation mit seinem Stiefvater zu einem solchen Entschluss überhaupt fähig war.

„Weiß Eduard schon davon?", fragte er besorgt.

„Ja, ich habe es ihm gesagt."

„Und ist er wieder ausgerastet?"

„Er wäre es bestimmt, wenn nicht Thomas dabei gewesen wäre. Der ist einen Kopf größer als er und ebenfalls kräftig."

„Ist das der Mann, mit dem du ausgegangen bist?"

„Ja, das ist der Mann. Er kommt aus Mosbruch in der Nähe von Kelberg, hat einen kleinen Bauernhof und einen Pferdestall, wo reiche Städter ihr Pferd unterstellen können. Er hat mich gefragt, ob ich mir vorstellen könnte, zu ihm zu ziehen."

„Du bist aber doch gar keine Bäuerin."

„Aber ich bin gesund, habe zwei Hände und kann arbeiten. Das ist allemal besser als das, was ich die letzten zehn Jahre gemacht habe. Irgendwann hätte das sowieso mal ein Ende gefunden. Ich bin kein junges Mädchen mehr, Michi, sondern jetzt über vierzig."

Michael schaute sie bedrückt an. Es war nach wie vor sehr schmerzhaft für ihn, dass seine Mutter sich für Geld verkaufte.

„Ist er denn nett zu dir?"

„Das ist er! Zumindest bisher. Außerdem ist er vermutlich meine letzte Chance auf ein besseres Leben, Michi."

Nach diesem Gespräch mit seiner Mutter entschloss sich Michael, doch nicht ins Ruhrgebiet zu gehen. Metallbauer wurden auch in der Eifel gesucht. Er bewarb sich nach seiner Entlassung bei mehreren Betrieben und musste erfahren, dass seine Tätigkeit im Schausteller- gewerbe und die Gefängnisstrafe in seinem Lebenslauf potentielle Arbeitgeber nicht unbedingt positiv beeindruckten. Schließlich bekam er aber doch eine Einladung zu einem persönlichen Vorstellungsgespräch in einem Metall verarbeitenden Betrieb in dem zwischen Daun und Gerolstein gelegenen Ort Neroth. Auf den Betriebsinhaber, einen Herrn Waldorf, schien er einen brauchbaren Eindruck zu machen. Er arbeitete zunächst acht Wochen auf Probe. Der Meister empfahl eine Weiterbeschäftigung und Michael hatte tags darauf einen gültigen Arbeitsvertrag in der Tasche.

Eine Woche später besuchte er seine Mutter. Die hatte tatsächlich ihr altes Leben hinter sich gelassen und wohnte jetzt auf dem Bauernhof von Thomas Willems. Die beiden Männer waren sich auf Anhieb sympathisch. Bei Thomas war seine Mutter gut aufgehoben! Er erfuhr, dass sie ihrem Noch-Ehemann die Wohnungseinrichtung, das Auto und den größten Teil des auf ihrem Konto befindlichen Geldes überlassen hatte. Einzige Bedingung war, dass er schnell in die Scheidung einwilligte. Und Eduard willigte ein. Sein bequemes Dasein würde zwar zunächst eine kurze Unterbrechung erfahren, doch er meinte, recht schnell jüngeren Ersatz für Katrin zu finden.

Michael war glücklich. Sein Leben und das seiner Mutter wendete sich zum Guten, so dachte er.

22

Felix war jetzt 26 Jahre alt. Das Abschlussexamen nahte und Felix ergriff eine große Nervosität. In letzter Zeit hatte er das Studium wieder etwas schleifen lassen. Das lag auch daran, dass Alexandra nicht mehr in Trier wohnte und ihm somit keiner mehr ins Gewissen redete. Er vermisste ihre Aufmunterung und mahnenden Worte. Wenn er auch nächtelang durch Trierer Kneipen gezogen war, so war er doch danach immer bemüht gewesen, ihr mit passablen Noten zu imponieren.

Alexandra hatte nach dreieinhalb Jahren ihr Examen bestanden und war nach Daun zurückgekehrt. Dort hatte man ihr, nicht zuletzt aufgrund ihrer im Kinderheim „Vereinigte Hospitien e.V." gesammelten Erfahrungen, im Jugendamt eine Stelle angeboten. Im Rahmen ihrer neuen Tätigkeit musste sie auch an Gutachten mitwirken, welche das Für und Wider einer Inobhutnahme von Kindern aus Familien, in denen das Kindeswohl gefährdet war, beurteilten. Diese Tätigkeit belastete sie innerlich, denn sie kannte durch ihren Nebenjob in Trier die Nöte der betroffenen Kinder und Eltern nur zu gut.

Felix hingegen besorgte sich nun den besten Repetitor der Stadt und nahm Einzelunterricht. Geld spielte keine Rolle. Alle Wissenslücken waren so schnell nicht mehr zu füllen, aber immerhin bestand er die schriftliche Prüfung mit einer Drei und die mündliche Prüfung mit einer Drei minus. Eigentlich hatte er gedacht, im mündlichen Teil besser abzuschneiden, da er seine mündlichen Fähigkeiten höher einschätzte als seine schriftlichen, Er beging jedoch den Fehler, am Abend vorher bereits mit einigen Verbindungsbrüdern auf die schon fast bestandene Prüfung anzustoßen und das gleich mehrfach. Folglich war er am nächsten Morgen nicht gerade in Höchstform. Er konnte eigentlich froh sein, überhaupt eine Drei minus erreicht zu haben. Mit dankbaren Augen blickte er denn auch insbesondere einen der ihm gegenüber sitzenden Professoren an, dessen Bruder sein Repetitor gewesen war.

23

Danach begann das Rechtsreferendariat, welches er in der Anwaltssozietät Sauer, Leif & Partner in Gerolstein ableistete. Dort bezog er auch eine kleine Wohnung. So entging er zumindest teilweise der immer noch wahrgenommenen Kontrolle seiner fürsorglichen Mutter und er konnte den Kontakt zu Alexandra im nur 15

Kilometer entfernten Daun aufrechterhalten. Nicht dass er nun völlig auf sie fixiert war. Nein, dazu war das Leben viel zu abwechslungsreich. Aber er hatte erkannt, dass er ihre Gesellschaft genoss, ja sogar brauchte.

Das hinderte ihn jedoch nicht daran, auch mit anderen jungen Frauen, die in ihm schon den gutverdienenden Rechtsanwalt in spe sahen, auszugehen und mit ihnen bei gegenseitiger Anziehungskraft in die Kiste zu springen. Auch in dieser Hinsicht waren die 14 Kilometer zwischen Gerolstein und Daun vorteilhaft. Alexandra musste von seinen kleinen Abenteuern ja nicht unbedingt erfahren. An Heirat dachte er noch nicht. Aber wenn er einmal in den Hafen der Ehe einfahren sollte, dann musste es eine Frau wie Alexandra sein und nicht eine dieser Puten, die schon nach dem 2. Treffen mit ihm auf seine Bude gingen.

Sogar vor der drei Jahre älteren Büroleiterin seiner Kanzlei, Sabine Maternus, hatte er nicht Halt gemacht. Ihr Mann, ein Hauptfeldwebel der Bundeswehr, befand sich auf einem 4 Monate währenden Auslandseinsatz in Afghanistan. Zur Ehrenrettung von Felix sollte hier jedoch angemerkt werden, dass die ersten diesbezüglichen, vor den anderen Angestellten sorgsam versteckten Blicke von der unternehmungslustigen Büroleiterin ausgingen. Felix war zunächst erstaunt gewesen, denn Sabine war zwar attraktiv, hatte auf ihn vorher aber immer einen etwas spröden, unnahbaren Eindruck gemacht. Jetzt musste er nur den nächsten Schritt wagen und darin hatte er Übung!

Die Affäre erwies sich jedoch als überaus problematisch. Sie trafen sich normalerweise zwei- bis dreimal die Woche. Aber bei diesen Treffen wurde die Geduld von Felix infolge der Streitlust Sabines ein ums andere Mal auf eine harte Probe gestellt. Die Überempfindlichkeit von Sabine führte zu permanenten Reibereien. Sie machte aus einer Mücke einen Elefanten, drehte ihm seine Worte im Munde herum und ließ ihren Launen freien Lauf, wenn ihr danach war. Da half auch nicht, dass sie im Bett ein erstaunliches Temperament und eine selbst Felix überraschende Raffinesse an den Tag legte.

Auch dass sie nach kurzer Zeit begann, in wenig rücksichtsvoller Weise über ihren Ehemann herzuziehen, erregte sein Missfallen. Obwohl er zuerst darüber lachte, hatte ihm doch sein Elternhaus vermittelt, dass ein derartiges Verhalten unschön war. Er kannte Sabines Mann flüchtig und hielt ihn für einen freundlichen, möglicherweise zu gutmütigen Mann. Es gab Grenzen, auch für ihn. Außerdem wusste er aus Erfahrung, dass außereheliche Beziehungen wie ihre zwar nicht immer langlebig sein müssen, aber dennoch anders funktionieren sollten.

Als Sabine dann in einem Cafe sogar vor den Augen anderer Gäste laut wurde, war für ihn das Maß voll. Wieder in seiner Wohnung machte er ihr unmissverständlich klar, dass er die Affäre beenden wolle. „Ich habe schon öfter darüber nachgedacht, aber dein heutiges Verhalten war der Tropfen, der das Fass zum Überlaufen gebracht hat.".
Sie starrte ihn aus großen Augen an, setzte sich dann auf sein Bett und begann herzerweichend zu weinen. „Für dich würde ich mich scheiden lassen", sagte sie schließlich. „Das würde nie funktionieren", entgegnete Felix. „Das musst du doch einsehen." „Ich könnte versuchen, mich zu ändern", schluchzte sie.

Plötzlich tat sie Felix leid. Trotz ihrer offensichtlichen Charakterfehler hatte sie ihm doch aufgrund ihrer Intelligenz und ihres Realitätssinns einige wichtige Dinge des Lebens vermittelt, die er vorher noch nicht wusste. Und so hilflos wie jetzt hatte er sie noch nie erlebt. Doch er blieb hart. „Nein, Sabine. Es geht nicht. Beim besten Willen nicht. Und heiraten will ich sowieso noch nicht."

Ihr Weinen steigerte sich zu einem Weinkrampf. Er setzte sich ihr gegenüber in einen Sessel und wartete. Nach fünf Minuten sprang sie plötzlich auf und ging drei Schritte auf ihn zu. Er erwartete eine schallende Ohrfeige. Vielleicht wusste sie in dem Augenblick selber nicht, was sie als nächstes tun würde. Doch dann beugte sie sich zu ihm herunter, legte ihre Hände auf seine Schultern und gab ihm einen Kuss. „Ist schon gut Felix. Ich kann mich selber oft auch nicht ausstehen. Mach's gut! Wir sehen uns dann morgen in der Kanzlei." Sie ging zur Tür, öffnete sie und machte sie leise hinter sich zu. Felix saß zehn Minuten regungslos in seinem Sessel und starrte die Tür an. Dann atmete er tief durch. Er war erleichtert und ein wenig traurig.

Was Felix in diesem Moment noch nicht begriff, war, dass er durch die Erfahrungen der letzten drei Monate ein nachdenklicherer, vielleicht sogar ein klein wenig besserer Mensch geworden war.

24

Ein paar Wochen später nahm er Alexandra mit zu seinen Eltern, unter dem Vorwand, seine jüngere Schwester hätte ihn darum gebeten. Diese wolle nämlich auch an der Fachhochschule studieren und Alexandra könne ihr da sicher einige wertvolle Tipps für Studienanfänger geben. In Wirklichkeit wollte er ihr nur ein wenig imponieren, ihr zeigen, wie es sich mit Geld lebt: Jugendstilvilla, einen großen BMW und einen Zweitwagen vor der Tür, echte Orientteppiche im Wohnzimmer, teure Möbel sowie geschmackvolle Kunst in jeder Ecke und an den Wänden. Seine Schwester war dann auch gar nicht zugegen, sondern mit ihrem Freund im Kino. Dafür wurde sie aber von seiner Mutter zum Abendessen eingeladen.

Anfangs fühlte sie sich unbehaglich in dieser nach Geld riechenden Atmosphäre. Im Laufe des Abends entspannte sie sich jedoch mehr und mehr, zumal die Eltern sich ihr gegenüber überaus freundlich und entgegenkommend verhielten. Sie hatten im Laufe der Zeit natürlich den positiven Einfluss, den Alexandra auf ihren Sohn ausübte, mitbekommen. Felix hatte sie oft genug erwähnt.

Am folgenden Morgen sagte Frau Meyer-Abendroth zu ihrem Mann, dass Felix ihnen noch nie ein so nettes Mädchen vorgestellt habe. Das sähe er genauso, antwortete ihr Mann. Als Frau Meyer-Abendroth dann ein paar Tage später mit Felix telefonierte, wollte sie - wie Mütter nun mal sind - unbedingt Näheres über ihn und Alexandra in Erfahrung bringen. Er gehe zwar manchmal mit ihr aus, antwortete dieser, aber so richtig an sie herankommen könne man nicht. Als sie das ihrem Mann erzählte, reagierte der gereizt: „Dann soll er sich gefälligst anstrengen, der Hallodri!"

25

Katrin Raschke saß am Krankenhausbett ihrer Mutter. Sie hatte einen Telefonanruf ihrer Schwester erhalten, in dem diese sie darüber informierte, der Krebs ihrer Mutter hätte sich deutlich verschlimmert und sie läge jetzt auf der Intensivstation im Brüderkrankenhaus in Trier. Die Schwester hatte stets engeren Kontakt zu ihrer Mutter gehalten und ihr schon vor zwei Monaten das erste Mal von deren Krebserkrankung berichtet.. Dass es aber so schnell gehen würde, hatte Katrin nicht erwartet.

„Der Arzt sagt, mein Leben liegt nun in Gottes Hand", sagte ihre Mutter.
„Aber Mama, das wird manchmal einfach so dahingesagt. Die Medizin hat in den letzten zwanzig Jahren große Fortschritte gemacht. Gib die Hoffnung nicht auf!"
„Dr. Kuckartz meint: ein, zwei Wochen, vielleicht noch etwas länger. Ich solle das Notwendige regeln. Ich war ihm dankbar für seine Offenheit."
Katrin bekam feuchte Augen. Doch weinen durfte sie jetzt nicht. „Dann musst du kämpfen, Mama. Du hast doch immer einen starken Willen gehabt. Ich war nie so stark."
„Ein starker Wille ist nicht immer gut, Katrin. In letzter Zeit war ich oft allein und habe viel nachgedacht. Ich habe manches falsch gemacht in der Vergangenheit."
„Jeder macht Fehler im Leben. Daran darfst du jetzt nicht denken."
Frau Schneider schaute müde auf das an der Wand hängende Bild einer Eifellandschaft. Sah man darauf die Sonne auf- oder untergehen?

Schließlich sagte sie: „Ich finde es schön, dass du gekommen bist, denn ich wollte dir schon seit Längerem etwas sagen, Katrin." Sie zögerte. „Ich habe es schon deiner Schwester gesagt und nun sage ich es dir. Es tut mir leid, dass ich manchmal so eklig war. Damit habe ich euren Vater und ebenso meinen Lebensgefährten danach aus dem Haus getrieben und auch euch beiden hat mein dominantes Verhalten bestimmt nicht gut getan."

„Aber Mama, so schlimm war das doch gar nicht. Damit solltest du dich jetzt nicht beschäftigen."

„Doch, doch, mein Kind. Dir hat es sicher geschadet. Sabine vielleicht weniger. Die war aus härterem Holz geschnitzt. Aber weißt du, kein Mensch kann über seinen Schatten springen. Mein Elternhaus war auch nicht das Beste. Wir mussten von klein auf immer arbeiten, arbeiten, arbeiten. Vielleicht hat mich das geprägt." Jetzt konnte Katrin ihre Tränen nicht mehr zurückhalten.

Ihre Mutter verspürte trotz der hochdosierten Mittel starke Schmerzen, aber sie fuhr fort: „Aber wie gesagt, ich habe nachgedacht. Es hilft uns allen wenig, wenn wir immer nur die Eltern für alles verantwortlich machen. Die machen dann wieder ihre Eltern verantwortlich und die wieder ihre Eltern. Das führt zu nichts. Natürlich gibt es so etwas wie eine genetische oder andere familiäre Vorprägung. Man darf sich aber nicht darauf zurückziehen und diese Vorprägung für alles verantwortlich machen, was einem so widerfährt. Wenn man das tut, schlittert man haltlos durchs Leben. Man muss sich auf sich selbst besinnen und sich einen eigenen freien Willen zugestehen. Nur dann kann man sich für etwas Anderes, etwas Neues entscheiden." Sie lehnte sich erschöpft in ihr Kissen zurück.

Katrin hatte ihre Mutter noch nie so reden hören. Der nahende Tod hatte sie sehr verändert. „Ob viele Menschen vor dem unvermeidbaren Ende eine solche Wandlung durchmachen?", fragte sie sich. Als sie am Ende des Besuches schon in der Tür des Krankenzimmers stand, rief Eva Schneider ihrer Tochter noch hinterher: „Das mit dem freien Willen sag auch Michi. Er war früher so ein lieber Bub."

Als Katrin Michael nach einer Woche vom Zustand seiner Oma berichtete, war der bestürzt. „Warum hast du mir nicht früher Bescheid gegeben", beklagte er sich vorwurfsvoll.

„Ichwollte dich nicht belasten. Du warst gerade dabei, dein Leben neu zu ordnen und sahst dabei endlich glücklich aus."

„So ein Unsinn, Mama. Wir sind doch schließlich eine Familie. Da muss ich doch so etwas gesagt bekommen."

Noch am selben Abend fuhr er zum Brüderkrankenhaus nach Trier. Doch seine Großmutter lag nicht mehr in ihrem Krankenzimmer. Auf seine Frage, wo sich diese jetzt befände, zeigte ihm eine Krankenschwester einen Raum am Ende des Flures.

Frau Schneider war schon nicht mehr bei Bewusstsein. Sie lag leichenblass und regungslos in ihrem Bett. Nur am kaum wahrnehmbaren Heben und Senken ihrer Brust konnte man erkennen, dass sie noch lebte. An der Wand sah man direkt dem Bett gegenüber ein schmiedeeisernes Kreuz, flankiert vom Davidstern und einer Mondsichel, dem Symbol des Islam.

Michael saß eine Stunde am Bett seiner Großmutter und hielt ihre kalte Hand. Als schließlich die Krankenschwester in das Zimmer kam und ihm mitteilte, dass die Besuchszeit jetzt schon überschritten wäre, verließ er schweren Herzens das Sterbezimmer. Am nächsten Tag informierte das Krankenhaus die Angehörigen darüber, dass Frau Eva Schneider in den frühen Morgenstunden dahingeschieden sei.

Nachdem der Beerdigungskaffee vorüber war und die Trauergäste gegangen waren, unterhielten sich die Schwestern noch eine Weile. Sie waren schon immer charakterlich sehr verschieden gewesen. Sabine, die Ältere, wusste schon früh, was sie wollte, brachte aus der Schule die besseren Noten mit nach Hause und machte sogar als erste in der Familie das Abitur. Danach hatte sie ein Soziologiestudium begonnen, aber schnell festgestellt, dass dieses Studium für sie zu theoretisch war. Jetzt war sie stellvertretende Leiterin eines Seniorenheimes. Katrin hingegen war von Anfang an das Sorgenkind ihrer Mutter gewesen. Gehemmt und unsicher wurde sie viel von anderen Kindern gehänselt, schaffte gerade mal den erweiterten Hauptschulabschluss und geriet oft an die falschen Freunde.

„Du hast im Krankenhaus doch auch mit Mama gesprochen. Ich fand das, was sie sagte, sehr berührend. So habe ich sie noch nie reden hören. Richtig philosophisch. Ich war ganz perplex!", sagte Katrin.

„Ja, wir haben unsere Mutter, glaube ich, immer etwas unterschätzt. Aber sie hat uns auch wenig Gelegenheit gegeben, sie von einer anderen Seite als von der uns gezeigten zu sehen."

„Du arbeitest doch in einem Altersheim. Hast du da beobachtet, dass viele Menschen sich vor dem Tod so verändern?"

„Manchmal schon. Gerade die, welche ihr Leben lang nach außen Härte gezeigt haben, werden am Ende plötzlich sehr weich, so als wollten sie ihr versteinertes Herz öffnen oder eine unerträgliche Last abwerfen. Sie nehmen unser Dasein dann von einer anderen, viel versöhnlicheren Seite wahr."

26

Laurentiuskirmes in Daun. Das Fest der Feste! Von nah und fern strömten die Menschen der Vulkaneifel, heimatverbundene ehemalige Eifler, welche die Arbeit in andere Ecken Deutschlands verschlagen hatte, und viele Sommertouristen zu diesem alle Jahre wieder im August stattfindenden Jahrmarkt nach Daun. Ein mindestens zweimaliger Besuch der Kirmes im Stadtzentrum war Pflicht.

Auch Michael ging am Samstagabend mit Karl-Heinz und Joseph dorthin. Sie tranken an einen Bierstand auf seinen in der nächsten Woche bevorstehenden 28. Geburtstag zwei große Bitburger Pils. Danach setzten sie sich in heiterer Stimmung in eine Gondel des Voodoo Jumpers. obwohl sie wussten, dass sie für derlei Vergnügungen eigentlich die Altersgrenze bereits überschritten hatten. Die selbstdrehenden, sich auf und ab bewegenden Gondeln entwickelten eine solch rasende Umlaufgeschwindigkeit, dass ihnen danach weniger heiter zumute war. Also tranken sie zwei weitere Halbe.

Nachdem sie die Laurentiusstraße dreimal hin und zurück gegangen waren, genehmigten sie sich an einem Imbiss auf dem Marktplatz Spießbraten mit Pommes rot/weiß und zur Verdauung einen Kräuterschnaps. Plötzlich geschah es! Einige Schritte von ihnen entfernt, sah Michael Alexandra. Sie stand zwei Meter hinter

Felix, der gerade dabei war, ihr an einem Schießstand zu beweisen, dass man auch als Nichtgedienter über passable Schießkünste verfügte. Michael setzte sein Glas Schnaps abrupt ab und starrte zu ihr hinüber.

„Was ist los, Michi? Hast du „Jack the Ripper" gesehen?", fragte ihn sein Kollege Joseph.

„Nee, das nicht. Nur eine alte Bekannte aus meiner Schulzeit."

„Etwa die kleine Blonde mit dem Knackarsch dort drüben?", posaunte Karl-Heinz, der Dritte im Bunde,

„Geht's vielleicht noch ein bisschen lauter, Kalle? Mit dir kann man aber auch nirgendwo hingehen." Michael wusste nicht, wo er hingucken sollte. Ein älteres Ehepaar und drei Halbwüchsige - ebenfalls Pommes rot/weiß Konsumenten - drehten sich interessiert zu ihnen um.

„Soll ich mal rüber gehen und sie an unsere Tafel bitten?", erkundigte sich daraufhin der höfliche Joseph.

„Untersteh dich, Sepp. Bei deiner Visage nehmen die Frauen sofort Reißaus. Das übernimmt der charmante Kalle", trompetete abermals Karl-Heinz und schickte sich an, die Mission zu erfüllen.   In dem Moment drehte sich Alexandra um. Sie musste etwas von dem Gespräch hinter ihr mitbekommen haben, denn sie grinste belustigt zu ihnen hinüber.

Kalle gab eine erste Einschätzung ab: „Na, eingebildet scheint sie jedenfalls nicht zu sein." Er winkte ihr zu.

Plötzlich wurde Alexandras Gesicht ernst. Sie hatte Michael erkannt. Spontan ging sie auf ihn zu und reichte ihm ihre Hand. Die momentane Verwirrung war auf beiden Seiten offensichtlich.

„Schön, dich zu sehen, Michi," sagte sie. „Wir sind uns lange nicht begegnet. Wie geht es dir? Ich hoffe gut."

„Dafür sorgen schon meine beiden Kumpels hier." Kalle machte eine tiefe, förmliche Verbeugung, Joseph lächelte verlegen. „Und dir? Wie geht es dir?"

„Prima geht es ihr", antwortete an ihrer Stelle Felix, der plötzlich neben ihr stand. Er reichte ihr die von ihm am Schießstand erbeutete Rose.

Alexandra schaute auf die Blume. „Aber Felix, du hast dich ja wieder selbst übertroffen. Ein von allen verlassenes Mauerblümchen hätte auch gereicht." Der Rosenjäger machte ein süß-saures Gesicht.

„Herr Ober!", brüllte der stets jede Situation beherrschende Kalle. „Bitte noch zwei Pils für die beiden Hübschen hier."

Es folgte ein fünfzehnminütiger Smalltalk, bei dem Alexandra immer wieder verstohlen Michael musterte, bis Felix seiner Begleiterin schließlich den Arm um die Schultern legte und verkündete, dass sie nun weiter müssten. Man wolle sich nämlich noch mit ein paar Freunden treffen. Im Weggehen schaute Alexandra noch einmal zurück auf Michael, doch der blickte nachdenklich in sein Bierglas.

27

Michael hatte mit Alexandra all die Jahre keinen Kontakt gehabt. Zwar hatte er sie viermal aus der Entfernung gesehen, einmal in Trier zusammen mit Felix und dreimal in Daun in Begleitung anderer, ihm unbekannter Männer bzw. Frauen, doch sie war abgelenkt gewesen und hatte ihn nicht wahrgenommen. Aus dem Kopf war sie ihm jedoch seit ihrer Schulzeit nie gegangen.

Am nächsten Abend fuhr Michael alleine nach Daun. Er hoffte, Alexandra auf der Laurentiuskirmes noch einmal zu begegnen, dieses Mal vielleicht zusammen mit einer Freundin, auf jeden Fall ohne die Begleitung von Felix. Seine vage Hoffnung erfüllte sich jedoch nicht. Nach zweieinhalb Stunden ging er - immer noch alleine - an einen Bierstand. Frustriert trank er dort zwei große Pils. Er hatte zwar einige Bekannte gesehen, sie aber jedes Mal nach kurzer Zeit abgeschüttelt, um seine Aufmerksamkeit ganz der Suche nach Alexandra zu widmen.

Neben ihm kicherten drei beschwipste junge Frauen, seiner Einschätzung nach Krankenpflegeschülerinnen des Maria-Hilf-Krankenhauses in der Kreisstadt im letzten Ausbildungsjahr. Sie schienen wild entschlossen zu sein, den drögen Lernstoff für eine Weile zu vergessen und sich stattdessen einmal richtig zu amüsieren. Ob er immer so traurig aussehen würde, wollten sie wissen. Er schüttelte nur den Kopf und bestellte sich ein drittes Bier.

„Er ist bestimmt Philosoph und denkt über den erbärmlichen Zustand der Welt nach", mutmaßte die Brünette.

„Kommt, wir muntern ihn etwas auf. Wir haben uns ja schließlich der Pflege von Hilfsbedürftigen verschrieben", sagte die Blonde.

„Das kriegen wir hin. So einen knuspriges Kerlchen lassen wir nicht im Regen stehen", stimmte die Schwarzhaarige zu.

Sie nahmen ihn in ihre Mitte und, obwohl er anfangs widerstrebte, zogen sie mit ihm los. Geballte Frauenpower! Er hatte keine Chance!

Schnell merkte Michael, dass die drei jungen Frauen eigentlich recht nett waren. Er hatte nach seiner

Gefängnisstrafe zwei oberflächliche, hauptsächlich auf das Sexuelle reduzierte Beziehungen gehabt, die ihn aber wenig befriedigt hatten. Diese Mädchen hier waren frische, hübsche Gören vom Land. Der elterlichen Kontrolle endlich entflohen, wollten sie jetzt das Leben genießen. Auf einer Skala von 1-10 kamen alle drei - zumindest rein äußerlich - nicht schlecht weg. Ihm begann ihre Fürsorge zu gefallen.

Sie schlenderten kreuz und quer über die Kirmes und lachten viel. Irgendwann merkte Michael, dass die Brünette fehlte. Sie hatte wohl das warme Bett der nun zu vorgezogener Stunde sich bemerkbar machenden Nachtkälte vorgezogen. Das tat ihrer Fröhlichkeit jedoch keinen Abbruch. Schließlich landeten sie beim Heines, der Dauner Kultkneipe. Besonders die blonde Krankenschwester in spe schien Gefallen an ihm zu finden. Sie saß ganz dicht bei ihm. Ihre lachenden Augen suchten immer wieder seine Augen. Ihm gefiel ihr offenes, vielleicht etwas unbedarft-naives, aber ehrliches Gesicht. Etwas zu jung für mich, dachte er. Achtzehn Jahre alt, hatte sie ihm erzählt. Doch was machte das schon aus, - an einem solchen Abend auf der Dauner Kirmes.

Im Laufe des Abends überkam Michael irgendwann das Bedürfnis wieder Raum für weiteres Bier zu schaffen. Als er von der gut frequentierten Örtlichkeit im hinteren Bereich der Kneipe zurückkam, saß nur noch die Blonde da. Ihre Freundin hatte die deutlich erkennbaren Signale verstanden und wollte nicht länger unnötig im Wege stehen. Freundschaft erfordert gelegentlich auch Opfer! In trauter Zweisamkeit verweilte man noch eine knappe Stunde in der gemütlichen, immer noch mit dem uralten Mobiliar von anno Tobak ausgestatteten Schenke, bis Barbaras Augenlider immer schwerer wurden und Michael ihr anbot, sie bis zum Schwesternheim am Krankenhaus zu begleiten. Es war inzwischen zwei Uhr nachts.

Dort angekommen lud sie ihn ein, bei ihr im Appartement nach all dem Alkohol noch eine Tasse Kaffee zu trinken. Von dort könne er dann auch ein Taxi rufen, um sich nach Neroth kutschieren zu lassen. Sein Auto auf dem Parkplatz an der Dauner Post würde bestimmt nicht davonlaufen und könne von ihm ja morgen im nüchternen Zustand abgeholt werden. Er solle diese Aufforderung aber bitte nicht falsch verstehen. Sie würde ihn sehr gerne wiedersehen. Sofort ins Bett hopsen sei aber nicht ihr Ding. Sie sei nun mal nicht von der schnellen Sorte. Für eine weitergehende Beziehung bräuchte sie etwas mehr Zeit.

Sie gab ihm einen schüchternen Kuss. „Das verstehst du doch, oder?"

„Natürlich! Das habe ich von dir auch nicht anders angenommen."

Sie war erleichtert. „Danke, du bist ein richtiger Schatz."

„Da bin ich mir selber gar nicht so sicher. Aber wenn du das sagst..." Richtig glücklich sah er nicht aus. Da gab sie ihm noch einen, dieses Mal herzhafteren Kuss.

Beide von ihm angerufenen, im Ort ansässigen Taxiunternehmen teilten ihm mit, dass alle Taxis unterwegs seien und aufgrund der enormen Nachfrage auf der Laurentiuskirmes mit einer Wartezeit von mindestens einer Stunde zu rechnen sei. Etwas betreten schauten sie sich an. Schließlich deutete sie zaghaft auf ihr Sofa. „Du könntest da schlafen und ich im Bett dort drüben." Im nächsten Moment stellte Barbara jedoch fest, dass sie keine zusätzliche Decke für das Sofa hatte. Sie

83

gab sich einen Ruck. Zimperlich wollte sie nicht sein. „Okay, bis morgen früh sind es sowieso nur noch ein paar Stunden. Wir schlafen beide Rücken an Rücken in meinem Bett. Du drehst dich zur einen Seite und ich zur anderen Seite. Einverstanden?"

„Aye, Aye, Chefin!"

Obwohl müde und mit viel Alkohol im Blut konnten sie dennoch nicht einschlafen. Als sie sich dies eingestanden hatten, drehte sich Barbara auf den Rücken. Er tat dasselbe. „Soll ich dir vielleicht jetzt eine Gute-Nacht-Geschichte erzählen?", flüsterte sie. Er lachte leise. „Ja bitte, Cinderella! Ich habe schon lange kein Märchen mehr gehört."

Sie begann dann tatsächlich, ihm die Geschichte von dem wunderschönen, aber von ihrer Stiefmutter gepeinigten Aschenputtel zu erzählen. Bei der bösen Stiefmutter musste er unwillkürlich an seinen Stiefvater denken. Er legte seine Hand auf ihren Bauch, wie er das früher als kleiner Junge im Bett seiner Mutter getan hatte, wenn der Stiefvater auf Sauftour war und sie ihm ein Märchen erzählt hatte. Barbara rührte sich nicht.. Er spürte ihren warmen Atem auf seinem Gesicht. Seine Hand glitt nach oben unter das Oberteil ihres Pyjamas. Seine Lippen berührten ihre weiche Schulter. Sie hörte auf zu sprechen, lag wie erstarrt neben ihm. Er konnte ihren festen, vollen Busen ertasten.

Plötzlich begann sie zu wimmern. „Michi, was tust du da? Du hast es mir versprochen. Das will ich nicht!" Sie drehte sich von ihm weg. Es war zu spät. Die Dämme waren gebrochen. Er packte sie von hinten und zog sie zu sich heran. Sie begann mit den Beinen zu strampeln, versuchte aus dem Bett zu entfliehen. Ein Stuhl neben dem Bett fiel um. Sie jammerte und schrie, stieß ihn von sich. Es nutzte ihr nichts. Er nahm sie in einem einzigen Rausch der Lust.

Die Schwesternschülerin, die das Appartement neben Barbara bewohnte, hörte Barbaras Schreien und das Gepolter. Sie griff nach ihrem Handy und wählte 110. Als Michael aus dem Wohnheim kam, hörte er schon von weitem die Sirene. Er versuchte erst gar nicht zu flüchten, sondern ließ sich widerstandlos abführen. Da er einen festen Wohnsitz vorzuweisen hatte und in einem festen Arbeitsverhältnis stand, ließ man ihn nach einem ersten Verhör, in dem er kaum etwas sagte und völlig niedergeschlagen wirkte, wieder frei.

28

Ein paar Tage später suchte er einen Rechtsanwalt auf, der ihn bei drei weiteren Verhören begleitete. Rechtsanwalt Dr. Aegidius Gilles besaß eine lange Berufserfahrung. Er verhinderte, dass Michael voreilige Schuldeingeständnisse machte, obwohl er manchmal nahe dran war, dies zu tun. In den zermürbenden Vernehmungen erfuhr Michael auch, dass nicht etwa Barbara, sondern ihre Eltern Strafanzeige gegen ihn gestellt hatten.

Eineinhalb Wochen vergingen. Danach ging er - entgegen des Ratschlags seines Rechtsvertreters - mit einem großen Blumenstrauß zum Schwesternheim. Dort erfuhr er, dass Barbara sich hatte krankschreiben lassen und zu ihren Eltern nach Kirchweiler gefahren war. Er legte die Blumen vor ihre Tür.

Die vage Hoffnung, die Sache würde möglicherweise mangels klarer und handfester Beweise nun im Sande verlaufen, erfüllte sich nicht. Am darauf folgenden Montag kam eine Vorladung zu einer Vernehmung durch den ermittelnden Staatsanwalt Pitzen in Trier.

Dr. Gilles hatte ihm mitgeteilt, dass in einem sich eventuell anschließenden Gerichtsverfahren die Anwaltssozietät Sauer, Leif & Partner die Kläger vertreten sollte. Einer der Partner der Anwaltssozietät war nun auch der frischgebackene, junge Rechtsanwalt Felix Meyer, der den Fall mit großem Eifer übernahm. Er hatte sich gut darauf vorbereitet und rechnete fest mit einer Anklageerhebung. Solange er denken konnte, hatte er Michael nicht leiden können. Im Kindergarten war ihm ständig der ekelige Rotz aus der Nase gelaufen, in der Grundschule müffelte er, dass man es zwei Reihen hinter ihm riechen konnte, auf dem Gymnasium hatte er im Sportunterricht jedes Mal im Tor gestanden, weil er in Teamspielen für nichts anderes zu gebrauchen war. Später war er sogar kriminell geworden.

Am meisten wurmte ihn jedoch, dass Alexandra ihn offensichtlich gut leiden konnte, da sie immer mal wieder von ihm sprach. Dass da ein Draht zwischen beiden bestand, hätte auf der Kirmes selbst ein Blinder sehen können. Dem galt es ein Ende zu bereiten. Für eine Vergewaltigung würde er dieses Mal länger in den Bau gehen als damals. Außerdem war dies sein erster größerer Fall und er beabsichtigte nicht, ihn zu vermasseln.

In der Christophstraße 1, dem Sitz der Staatsanwaltschaft Trier, saßen Michael und sein Rechtsbeistand vor einem großen Eichen-Schreibtisch. Im Hintergrund hing an der Wand das Portrait von Immanuel Kant. Auf dem

Schreibtisch stand ein Foto, auf dem eine glücklich lächelnde Familie mit zwei Kindern zu sehen war. Mit im Raum war neben ihnen und Staatsanwalt Pitzen auch Kriminalhauptkommissar Willmer. Er hatte, zusammen mit einem Kollegen, zum großen Teil die bisherige Polizeiarbeit durchgeführt, hielt sich aber jetzt bei dieser Vernehmung im Hintergrund.

Die Ermittlungen der Polizei hätten ergeben, so sagte der ihnen gegenüber sitzende Staatsanwalt, dass dem Beschuldigten möglicherweise eine vollzogene Vergewaltigung vorzuwerfen sei. Dafür sprächen zum Beispiel die am Folgetag auf der Polizeistation gemachten Aussagen der Zimmernachbarin von Barbara Großknecht, der mutmaßlich Geschädigten. Die Nachbarin habe durch die Wand laute Hilfeschreie und das Umfallen von Möbeln gehört. Außerdem hätten die Eltern über dem psychischen Zustand ihrer Tochter unmittelbar nach dem Vorfall ausgesagt, sie sei völlig verstört gewesen und habe ihnen gegenüber von einem sexuellen Übergriff berichtet. Sie hätten schon befürchtet, dass ihre Tochter kurz vor dem Examen ihre Krankenschwesternausbildung abbrechen würde. Ihr Arzt habe sie zwei Wochen krankgeschrieben.

Dr. Pitzen schaute Michael durchdringend an und sagte: „Der die Eltern vertretende Rechtsanwalt Meyer hat auch zu Protokoll gegeben, dass Sie bereits wegen einer anderen Gewalttat im Zusammenhang mit ehebrecherischem Verhalten im Gefängnis saßen. Außerdem, lieber Herr Raschke, deutet der große Blumenstrauß, den Sie der jungen Frau nach der Tat zukommen lassen wollten, kaum auf ein reines Gewissen hin."

Michael wich dem Blick des Staatsanwalts aus. Stattdessen richtete er seine Augen hilfesuchend auf Dr. Gilles. Der hatte ihm geraten, wie in den polizeilichen Vernehmungen so auch vor dem Staatsanwalt, keinerlei ihn irgendwie belastende Aussagen zu machen.

Der Rechtsanwalt selbst erläuterte zum wiederholten Male: „Mein Klient kann sich an die Vorgänge in der besagten Nacht nicht mehr genau erinnern. Ja, es stimmt, Herr Raschke und Frau Großknecht haben sich auf der Dauner Laurentiuskirmes kennengelernt und zusammen mit zwei Freundinnen der jungen Frau einen fröhlichen Abend verbracht. Dabei wurde auch viel Alkohol getrunken. Da mein Klient in der Nacht aufgrund des reichlichen Bierkonsums nicht mehr Auto fahren wollte, hat er - leider vergeblich - versucht, ein Taxi zu bestellen. Danach hat Frau Großknecht meinem ihr vorher doch völlig unbekannten Klienten angeboten, den Rest der Nacht in ihrem Appartement zu verbringen. Das ist sicher nett und großzügig von der angeblich Geschädigten gewesen, kann unter den gegebenen Umständen jedoch auch falsch verstanden werden. Zumindest ist ein derartiges Angebot unvorsichtig bzw. sehr naiv. Zwischen drei und vier sind beide dann offensichtlich im Appartement der jungen Frau aufgewacht. Ob es dann zu einvernehmlichem oder erzwungenem Sex kam oder nur ein Streit ausbrach, lässt sich meines Erachtens nicht mehr eindeutig feststellen. Wenig später wurde Herr Raschke aufgrund eines Anrufs der Nachbarin dann von Polizeibeamten verhaftet."

Auch in den folgenden zwanzig Minuten konnte der Austausch unterschiedlicher Ansichten zu der vorliegenden Sache keine weitere Klarheit schaffen. Der Versuch den Angeschuldigten zu einem Geständnis zu bewegen, da sich dies - wie der Staatsanwalt nachdrücklich anmerkte - aller Voraussicht nach strafmildernd auswirken würde, scheiterte ebenfalls. Michael wollte auf keinen Fall noch einmal ins Gefängnis und sein Rechtsbeistand hatte ihm ja schließlich zu verstehen gegeben, dass eine Verfahrenseinstellung zwar eher unwahrscheinlich sei , aber noch im Bereich des Möglichen läge, wenn er sich an seine Anweisungen hielte.

Am Ende der Vernehmung ließ Dr. Pitzen sie wissen: „Für mich ist die ganze Angelegenheit nach wie vor undurchsichtig und vor einer eventuellen Anklageerhebung seitens der Staatsanwaltschaft sind noch einige Fragen zu klären." Und an Hauptkommissar Willmer gewandt sagte er: „Da liegt noch etwas Arbeit vor uns. Möglicherweise müssen weitere Personen vernommen werden."

29

Thomas Willems rief an einem Freitagabend Herrn Großknecht an. Er kannte ihn flüchtig aus den Versammlungen der Kreisbauernschaft. Ob er vielleicht am nächsten Morgen kurz bei ihnen vorbeischauen könnte, erkundigte er sich. Auf die erstaunte Frage, um was es ginge, antwortete er, dass es sich um eine sehr persönliche, leider auch unangenehme Sache handele. Das wolle er aber lieber nicht am Telefon, sondern mit ihm und seiner Frau persönlich besprechen.

Seine Lebensgefährtin hatte ihm unter Tränen gesagt, dass ihr Sohn mal wieder in Schwierigkeiten stecke. Sie hatte ihm das Vorgefallene offenbart und ihn angefleht:

„Du könntest doch mal mit den Eltern des Mädchens sprechen. Der Vater ist doch ein Landwirt wie du. Vielleicht lässt sich da ja noch etwas machen."

„Da habe ich nicht allzu viel Hoffnung. Du weißt doch, Eifelbauern können sehr stur sein."

„Aber du könntest es doch wenigstens versuchen. Man kann doch eine Anzeige auch zurückziehen. Ihr seid doch alle mehr oder weniger verschuldet. Geld spielt für mich hier keine Rolle. Wir können das von meiner Mutter geerbte Geld dafür nehmen." Sie und ihre Schwester hatten zu ihrem Erstaunen nach dem Tod der Mutter jeweils 20 000 € geerbt.

„Na ja gut, einen Versuch ist es wert. Hoffentlich zeigt der Mann uns dann nicht wegen eines Bestechungsversuches an."

Samstagmorgen um 10.30 Uhr klingelte er an der Haustür der Familie Großknecht. Vor der Tür hing ein Gesteck mit einem holzgeschnitzten Willkommensgruß. Hinter den Fenstern standen Keramiktöpfe mit blühenden Blumen. Er hatte vorher seinen Blick über den Hof des ausgesiedelten landwirtschaftlichen Betriebes schweifen lassen. Alles akkurat und sauber. Da konnte man sich ein Beispiel dran nehmen.

Nachdem er hereingebeten worden war, nahmen das Ehepaar Großknecht und er im Wohn/Esszimmer am Tisch Platz. An der Wand gegenüber hing ein großes Gemälde. Es zeigte eine wild auf eine Meeresküste zulaufende Brandung, im Hintergrund ein möglicherweise in Seenot befindliches Schiff. Für einen Eifelbauern eher ein ungewöhnliches Bild, fand Thomas. Aber vielleicht hatte die Familie mal an der Nordsee einen Urlaub verbracht. Daneben sah er ein Christus-

Kreuz und darunter eine Holztafel mit dem Bibelspruch: Wer da ohne Sünde ist, der werfe den ersten Stein, Joh. 8, 7.

Die Bäuerin mochte etwa 50 Jahre alt sein. Sie hatte warmherzige, blaue Augen. Die abgearbeiteten Hände zeugten von der harten Arbeit auf dem Hof. Im Laufe der Zeit war sie sicher etwas in die Breite gegangen, aber man konnte sehen, dass sie früher einmal hübsch gewesen war. Ihr Mann war mittelgroß und breitschultrig. Sein resoluter Gesichtsausdruck deutete an, dass mit ihm nicht in jeder Situation zu spaßen war.

Thomas Willems hatte sich vorher seine Worte sorgfältig zurechtgelegt. Jetzt aber steckte ihm ein Kloß im Hals. Man sah ihm seine Verlegenheit an. Das angebotene Glas Wasser nahm er dankend an.

„Nun mal raus mit der Sprache! Wollen Sie mir Ihren alten Trecker verkaufen?", versuchte Herr Großknecht ihm auf die Sprünge zu helfen. Er lächelte freundlich.

„Nein, nein, wenn es nur das wäre, würden wir uns sicher schnell einig werden. Aber es geht um den Sohn meiner Lebensgefährtin, Michael Raschke." Die Gesichter von Reinhold und Heidrun Großknecht wurden schlagartig ernst. Thomas befürchtete schon, er würde im nächsten Moment vor die Tür gesetzt werden.

Doch dann unterbrach Herr Großknecht das eingetretene Schweigen: „Das ist in der Tat eine böse Geschichte. Das hätte nie passieren dürfen."

Thomas stimmte ihm mit Nachdruck zu und erkundigte sich nach dem Befinden ihrer Tochter.

„Barbara hat es jetzt glücklicherweise überstanden. Sie ist wieder in Daun im Schwesternheim und bereitet sich auf die Abschlussprüfung vor. Das lenkt von dem, was vorgefallen ist, ab", sagte die Frau des Bauern.

91

„Der Beruf der Krankenschwester ist wirklich ein schöner, wenn auch anstrengender Beruf", hörte sich Thomas erwidern.

„Das ist bestimmt richtig. Unsere Tochter macht ihre Arbeit auch Spaß. Sie will sich sogar noch im Bereich der Palliativpflege weiterbilden."

Thomas wusste zwar nicht genau, was Palliativpflege bedeutete, aber er nickte anerkennend mit dem Kopf und deutete mit dem Finger auf ein gerahmtes Foto, welches auf dem Buffet neben einer Blumenvase stand. „Sind das Ihre Kinder auf dem Foto hinter Ihnen?"

„Ja das sind alle vier." Die Bäuerin nahm das Foto von der Wand „Das ist Max, unser Ältester. Er studiert Tiermedizin in Gießen. Dann kommt hier Gisela." Frau Großknecht zeigte auf eine durchtrainiert aussehende, etwas streng in die Kamera blickende junge Frau. „Sie will Lehrerin werden - Sport und Biologie. Sie ist jetzt auf der Hochschule in Koblenz. und das daneben ist unsere Barbara. Unsere Kinder sind ziemlich ehrgeizig. Das ist schön, geht aber ins Geld."

Die Frau schien nicht unglücklich darüber zu sein. Sie schaute ihn stolz an. „Wir sind froh, dass wenigstes der Jüngste, hier ganz rechts auf dem Foto, Interesse für die Landwirtschaft zeigt. Der übernimmt dann hoffentlich später den Hof. "

Momentan schien der Jüngste aber weniger Interesse für die Landwirtschaft, sondern mehr für Hard Rock zu haben, denn aus dem oberen Geschoss dröhnte *Rock You Like A Hurricane* von den Scorpions. Herr Großknecht ging zur Tür und brüllte in das Treppenhaus: „Schalt mal 'nen Gang zurück, Ecki; und mach vor allem die Tür zu. Wie haben Besuch." Einige Momente später hörte man, wie eine Tür ins Schloss fiel und die Musik auf eine trommelfellschonendere Lautstärke heruntergebracht wurde. Der Jungspund schien noch zu parieren.

Thomas kam eine Idee. Direkte finanzielle Zuwendungen bei der Abtragung von Schulden, die möglicherweise auf dem Hof lasteten, hatte er schon verworfen. Dazu waren diese Leute sicher zu stolz. Man brauchte sie nur anzusehen. Aber eine kleine Unterstützung, z.B. ein zinsloser Privatkredit für die Ausbildung der Kinder, könnte eventuell auf Gegenliebe stoßen.

Sein Ton war beiläufig. „Es geht mich ja nichts an, aber mit wie viel muss man denn so etwa rechnen, wenn alle vier Kinder noch in der Ausbildung sind?".

Der Bauer schaute ihn argwöhnisch von der Seite an. „Sie haben recht. Das ist eigentlich Privatsache. Ich kann jedoch so viel sagen: Mit einem vierstelligen Betrag ist man jeden Monat dabei, trotz Bafög."

„Oh weia! Das ist eine Menge!" setzte Thomas nach.

„Das kriegen wir mit unseren 90 Hektar Ackerland und den 50 Milchkühen schon irgendwie hin. Da muss man halt den Gürtel etwas enger schnallen."

Ob er den Braten roch? Thomas rutschte unsicher auf seinem Stuhl hin und her. Er musste es versuchen. „Hören Sie, ich will nicht aufdringlich sein. Aber meine Lebensgefährtin hat nach dem Tod ihrer Mutter einiges geerbt. Und …" Weiter kam er nicht.

Sein Gegenüber unterbrach ihn. „Jetzt hören Sie mir mal zu! Ich bin nicht blöd. Ich hab mittlerweile kapiert, warum Sie hier sind und was Sie versuchen. Vielleicht würde ich das an Ihrer Stelle auch versuchen. Aber nochmal: Wir können das schon alleine stemmen."

„Entschuldigung. Ich wollte Sie nicht beleidigen."

„Schon gut, schon gut. Ich kann Sie ja sogar etwas verstehen. Sie selbst sind an der ganzen Sache ja völlig unschuldig. Mich würde aber viel mehr interessieren, was der Mann, der unserer Tochter das angetan hat, für ein Mensch ist."

Es schloss sich ein längeres Gespräch an, in dem Thomas, mit zerknirschtem Gesicht vor den Eheleuten sitzend, Michaels Charakter darzustellen versuchte und immer wieder sein Bedauern über das Vorgefallene zum Ausdruck brachte. Am Schluss gaben sie sich die Hand und Herr Großknecht sagte: „Nächstes Wochenende kommt unsere Tochter zu uns. Dann sehen wir weiter." Auf dem Weg zu seinem Auto streichelte Thomas den ihm mit wedelndem Schwanz entgegenkommenden Hofhund. „Komisch", bemerkte die Bäuerin, die Thomas nachdenklich hinterher geschaut hatte, später zu ihrem Mann, „unser Wotan ist nicht immer so zutraulich."

30

Michael hörte vier Wochen nichts von der Staatsanwaltschaft. Dann erfolgte eine neuerliche Vorladung. Wieder saßen sie vor dem großen Eichentisch. Wieder schaute Immanuel Kant streng von der Wand auf sie herunter: *Die Freiheit des einen endet dort, wo die Freiheit des anderen beginnt*, stand in großen Lettern darunter. Staatsanwalt Pitzen eröffnete seinen erstaunten Zuhörern, dass das Verfahren gegen den Verdächtigen Michael Raschke mit sofortiger Wirkung eingestellt werde. Zwar gäbe es seiner persönlichen Meinung nach durchaus Anhaltspunkte dafür, dass hier ein sexueller Übergriff stattgefunden hätte, aber die Angaben von zwei Freundinnen der Barbara Großknecht und des Wirtes des von den Betroffenen besuchten Lokals sowie die nochmalige Befragung der Nachbarin in dem Schwesternwohnheim hätten keine weiteren belastbaren Indizien erbracht.

Entscheidend seien aber die überraschenden Aussagen der Barbara Großknecht selbst gewesen. Entgegen ihren etwas verworrenen, ersten Aussagen vor der Polizei in Daun hätte sie nun behauptet, sie könne sich ebenfalls an den Ablauf der Geschehnisse in der besagten Nacht nicht mehr genau erinnern. Möglicherweise hätte der für sie ungewöhnlich hohe Alkoholkonsum in der besagten Nacht ihre Wahrnehmungsfähigkeit beeinträchtigt. Deshalb gelte letztendlich der Grundsatz „In dubio pro reo". Das sei unbefriedigend, aber rechtlich geboten. Einem Einspruch des Rechtanwaltes Felix Meyer sei mangels verwertbarer zusätzlicher Belastungsmomente nicht stattgegeben worden.

Auf der Autobahn nach Daun sagte Dr. Gilles in seiner Mercedes-Benz E-Klasse Limousine zu Michael Raschke, dass er großes Glück gehabt habe. Er habe im Vorfeld nicht auf einen solchen Ausgang des Verfahrens wetten wollen.

„Trotzdem vielen Dank", murmelte sein Mitfahrer.

„Danken Sie nicht mir, sondern dem lieben Gott dort oben und dem Fräulein Großknecht hier unten."

„Ich weiß ..." Michael sah verschämt aus dem Seitenfenster.

„Und noch etwas, Herr Raschke. Versuchen Sie in Zukunft sauber zu bleiben. Man sollte auch das Gewissen eines Rechtsanwaltes aus der Provinz nicht zu sehr auf die Probe stellen. Verdammt nochmal, Herr Raschke, Sie sind jetzt fast dreißig und das Mädchen ist gerade volljährig. Grasen Sie gefälligst auf ihrer Weide. Sonst wird das noch ein böses Ende nehmen."

Dann wurde sein Ton versöhnlicher. Ob er das Bild an der Wand hinter dem Staatsanwalt gesehen habe, wollte er wissen, und ob er auch den Leitsatz darunter verstanden habe.

„Ich denke schon", antwortete Michael. „ Und der porträtiere Mann darüber ist, soweit ich weiß, ein deutscher Philosoph."

„Richtig! Das ist Immanuel Kant, Sohn eines Sattler- und Riemenmeisters aus Königsberg/Ostpreußen und einer der größten deutschen Philosophen. Die von ihm stammende Maxime können Sie sich ruhig merken. Es gibt Grenzen zwischen den Menschen, die man nicht überschreiten sollte. Das gilt auch für das Eindringen in die Ehe anderer und das Beschädigen der körperlichen und seelischen Unversehrtheit anderer."

Michael nickte, doch langsam empfand er Unwillen angesichts dieser geballten Ladung an Moral. „Halten Sie sich auch stets und überall daran?", wagte er zu sagen. Diese Frage schien den Juristen unvorbereitet zu treffen. Seine Augenbrauen gingen nach oben und er gab plötzlich Gas. Nachdem er seine Geschwindigkeit aber wieder von unvernünftigen 170 km auf moderate 140 km reduziert hatte, brummte er: „Immerhin bemühe ich mich darum. Aber ich bin ja schließlich kein Philosoph. Der hat es da erheblich leichter." Und zwei Minuten später: „Wenn man diese Maxime strikt auf alle Lebenslagen anwenden wollte, dürfte ich beispielsweise Fälle wie Ihren gar nicht annehmen." Michael hatte verstanden...!

31

In einer ländlichen Kleinstadt gibt es selbstverständlich ein Postamt. Doch neben dem Versenden von Briefen gibt es natürlich hier auch noch weitere, eher inoffizielle Möglichkeiten, wichtige Informationen weiterzuleiten. Da wären z.b. die althergebrachten, mündlichen Formen der Mitteilung, wie etwa Klatsch und Tratsch, und ebenso die neueren Formen der Nachrichtenübermittlung, z.B. mit Hilfe des längst auch auf dem platten Land in nahezu jedem Haushalt vorhandenen Internets. Insbesondere die letztere Möglichkeit der Nachrichten-weitergabe garantiert – wenn man es denn möchte - ein hohes Maß an Anonymität. Das Inkognito wird vor allem dann bevorzugt, wenn es um negative Neuigkeiten, bloße Gerüchte oder Verleumdungen geht. So verwundert es nicht, dass die jeweils Betroffenen häufig erst sehr spät oder überhaupt nicht von den über sie kursierenden Dingen erfahren.

In dem hier beschriebenen Fall ging es - wie wir ja wissen - keineswegs nur um üble Nachrede. Es war tatsächlich etwas Verwerfliches vorgefallen. Viele Leute würden es sogar als etwas wirklich Abscheuliches bezeichnen.

Auch in dem nur fünf Kilometer von Daun entfernten Neroth hatte man natürlich gerüchteweise von dem Vorkommnis im Dauner Schwesternheim gehört. Einige Arbeitskollegen begannen, Michael schief von der Seite her anzuschauen. Michael hatte mehrere Tage auf der Arbeit gefehlt, man erzählte sich aufgrund von Polizeiverhören und Gerichtsterminen. Wegen Vergewaltigung würde man sicher nicht einfach so davonkommen, meinte die Vorzimmer-Sekretärin des Chefs.

Eines Tages ließ Herr Waldorf Michael zu sich ins Büro kommen. Sehr zum Verdruss der Sekretärin verschloss er die Tür zum Vorzimmer, ließ Michael an dem runden Kaffeetisch Platz nehmen und setzte sich ihm schräg gegenüber.

„So; Michael", eröffnete er das Gespräch, „was genau ist vorgefallen? Lüg mich nicht an! Ich will alles wissen. Muss ich mir demnächst einen neuen Metallbauer suchen? Du weißt, ich bin mit deiner Arbeit sehr zufrieden."

Michael erzählte ihm zuerst stockend, dann immer flüssiger von den Vorkommnissen auf und nach der Dauner Kirmes. Er verschwieg nichts. Herr Waldorf schüttelte während des Berichtes mehrfach den Kopf, zwischendurch nickte er, um seinen Kopf danach wieder zu schütteln.

„Das Verfahren ist also wirklich eingestellt worden und du kommst nicht ins Gefängnis?", vergewisserte er sich zum Schluss noch einmal.

„Nein, Chef, das Gefängnis bleibt mir dieses Mal erspart."

„Mein Gott, Michael, was machst du nur für Sachen. Ich habe dich immer für einen anständigen Kerl gehalten. In deinem Alter sollte man eigentlich vernünftiger sein."

„Und ich halte Sie für einen sehr guten Chef, zu dem wir alle Vertrauen haben", sagte Michael sehr leise.

Er konnte zurück in die Werkhalle an seine Arbeit gehen. Kurz vor Feierabend wurden alle anwesenden Arbeiter, die zwei Büroangestellten und die Sekretärin in den kleinen Konferenzraum gerufen. Vor versammelter Belegschaft sagte Herr Waldorf:

„Ich habe, wie ihr alle, von dem Gerede über Michael gehört. Dieser hat mir genau geschildert, was tatsächlich vorgefallen ist Ob Schuld oder keine Schuld sei dahingestellt, entscheidend ist für mich, dass das Verfahren eingestellt wurde. Ich will jetzt kein Wort mehr darüber verlieren und bitte alle Anwesenden das Gleiche zu tun. Wir sind nur ein kleiner Betrieb, da muss das Betriebsklima stimmen. Obwohl kein Kommunist, sage ich: Einer für alle, alle für einen! So, und jetzt trollt euch! Grüßt eure Familien von mir.“

„Jawohl, Chef“, posaunte Kalle. Er durfte seit zwei Wochen den erkrankten Werkstattleiter vertreten. Sie drehten sich um und gingen nach Hause.

32

Die letzten Monate war Michael noch ruhiger geworden, als es seinem Charakter ohnehin schon entsprach. Er hatte über sein bisheriges dreißigjähriges Leben nachgedacht. Wie hatte Dr. Gilles gesagt? Es gibt Grenzen zwischen den Menschen, die man nicht überschreiten darf? Und was hatte ihm sein Chef mit auf den Weg gegeben? In seinem Alter sollte man endlich vernünftig werden? Beide meinten es gut mit ihm. Davon war er überzeugt.

Er dachte auch über Alexandra, über Jelena und über Barbara nach. Alexandra war jetzt vielleicht mit Felix liiert, Jelena hatte bei ihrem letzten Zusammentreffen vor sieben Jahren irgendwie verzweifelt gewirkt und Barbara, ja Barbara hatte ihn zwar vor dem Gefängnis

99

bewahrt, aber vergessen und verzeihen konnte man sein schändliches Verhalten wohl nie. Er war mit sich selber und der Welt unzufrieden.

Da Jelena ihm die Adresse ihrer Schwester in der Pfalz gegeben hatte und er sie immer aufbewahrt hatte, beschloss er, ihr nach all den Jahren endlich einen Brief zu schreiben. Eigentlich wollte er dies schon viel früher getan haben, aber irgendetwas hatte ihn immer davon zurückgehalten. Scham über das Geschehene? Zweifel an der Sinnhaftigkeit eines Wiederauflebens einer solchen Verbindung? Angst vor neuen Komplikationen?

Er wusste, dass Jelena gefühlsmäßig viel mehr in ihre damalige Beziehung investiert hatte. Seit dieser Zeit war er nie wieder so zärtlich umarmt worden, hatte nie wieder eine so bedingungslose Hingabe erlebt. Er erinnerte sich an ihre zuweilen urkomischen Grimassen, wenn sie ihn neckte oder aus der Reserve locken wollte. Gleichzeitig dachte er mit Traurigkeit an ihre offensichtliche Niedergeschlagenheit bei ihrem letzten Besuch in der Haftanstalt in Wittlich, an den verzweifelten Ausdruck in ihren Augen, als sie ihm dort gegenüber saß und auf ihre verkrampften Hände blickte, an ihr tapferes Winken vom Gefängnishof zu seinem vergitterten Fenster hin beim Verlassen des Gefängnisses. „Ich bin ein entschlussloser Feigling, ein erbärmliches Weichei!", dachte er und sah das Amulett an, das vor ihm auf dem Tisch lag.

Doch jetzt fragte er in seinem Brief, wie es ihr ginge und was sie jetzt so mache. An der Deutschen Weinstraße wäre jetzt sicher noch Badewetter. In der Eifel würden die Bäume schon ihre Herbstfärbung bekommen. Das sei aber eine herrliche Zeit, um zu wandern oder mit dem Mountain-Bike durch die Landschaft zu fahren. Er habe eine gute Stelle als

Metallbauer gefunden. Sein Chef sei schwer in Ordnung und die Arbeit bereite ihm Spaß. Sie könne, wenn sie Lust habe, ihn auch einmal in Neroth besuchen.

Nach wenigen Tagen erhielt er einen Brief von der Schwester. Jelena ginge es sehr schlecht, stand darin. Sie sei zurzeit in einer Klinik. Aber sie würde sich bestimmt über einen Besuch von ihm freuen. Das könne ihr in ihrer jetzigen Verfassung helfen.

Am nächsten Wochenende setzt sich Michael in seinen Wagen und fuhr in das Dorf nahe Landau, wo die Schwester mit ihrer Familie wohnte. Die Haustür öffnete ihm eine Frau mit hochgesteckten schwarzen Haaren und dunkelbraunen Augen. Die Frau machte einen gestressten Eindruck. Sie hatte dunkle Schatten um ihre Augen, ihre Bewegungen waren fahrig. Als er sich vorgestellt hatte, lächelte sie jedoch freundlich und streckte die Hand aus: „Ich bin Philomena Weiß, sag einfach Phil."

In der Wohnküche saß ihr Mann. Auch ihm sah man seine Sinti-Herkunft an. Michael stellte ihn sich als Teppiche verkaufenden Hausierer vor. Ein mittlerweile fast ausgestorbener Berufszweig, vermutete er. In der satten deutschen Wohlstandsgesellschaft würden all die engstirnigen Spießer, intoleranten Pseudointellektuellen und ängstlich auf ihr Image achtenden Normalos einem solch suspekt aussehenden Mann an der Haustür nicht mal einen Bettvorleger abkaufen. Wie sich später herausstellte, arbeitete er jedoch bei der BASF in Ludwigshafen als Chemiearbeiter.

Man bot ihm eine Tasse Kaffee und Kekse an. Ja, Jelena ginge es dreckig, sagten sie. Sie hätte sich nach ihrer Rückkehr mit einem verheirateten Mann eingelassen, der aber entgegen all seiner Versprechungen nie die Absicht gehabt habe, sich scheiden zu

101

lassen, um mit ihr zusammen zu leben. Sie habe ein Kind von ihm erwartet, es aber durch eine Fehlgeburt verloren. Danach wäre der Zusammenbruch gekommen und man habe sie in das Pfalzklinikum in Klingenmünster bringen müssen. Die Ärzte hätten einen schizophrenen Schub diagnostiziert. Das wäre in der Familie schon vorher hin und wieder aufgetreten, sagte Philomena, aber nur bei außergewöhnlichen äußeren Belastungen. Wenn es das Leben gut mit einem meine, käme so etwas nicht vor.

Sie fuhren alle drei auf der Landstraße in das 15 Kilometer entfernte Klingenmünster. In einem älteren Klinikgebäude gingen sie auf die Station P 13 im 1. Stock, wo sich das Zimmer von Jelena befand. Auf den Anblick, der sich ihnen bot, war Michael nicht gefasst. Jelena lief in einem geblümten, knielangem Kleid im Zimmer auf und ab, ihre Haare waren ungekämmt, ihr einst volles Gesicht eingefallen. Am schlimmsten war für Michael jedoch der Ausdruck ihrer Augen. Sie, die einst so schelmisch und neugierig in die Welt geschaut hatten, waren jetzt leer und ausdruckslos. Als sie ihn sah, verbarg sie zuerst ihr Gesicht hinter den Händen, ging dann jedoch auf ihn zu und sagte: „Ich habe so sehr auf dich gewartet."

Im Krankenzimmer befand sich noch eine zweite Frau. Sie saß auf ihrem Bett und redete beständig vor sich hin. Dann stand sie auf, haute mit der Faust gegen die Wand und schlurfte immer noch brabbelnd auf den Stationsflur hinaus.

„Es freut mich, dich zu sehen", sagte Michael sanft. Sie zitterte. „Schön, dass du da bist. Weißt du, sie haben mir mein Kind weggenommen."

„Dein Kind?", Michael schaute hilflos Philomena an. Die schüttelte abwehrend den Kopf.

„Ja, es wurde von fremden Leuten adoptiert und lebt jetzt weit weg von mir."

Er nahm ihre Hand und streichelte sie. Er hörte, wie sie mit den Zähnen klapperte, einmal links, danach rechts, wieder links und wieder rechts.

„Nicht mit den Zähnen klappern, Jela. Das ist nicht gut.", redete ihr Schwager beruhigend auf sie ein.

„Ich muss mein Gleichgewicht halten, verstehst du?"

„Durch Zähneklappern?"

„Ja, ich muss das einfach tun. Ich kann nicht anders. Ich habe solche Angst."

„Wovor hast du denn immer Angst?"

„Ich habe Angst vor der Angst".

„Die Ärzte und die Schwestern passen gut auf dich auf, Jela. Du hast überhaupt keinen Grund, hier Angst zu haben", sagte Philomena. „Komm, wir gehen in das Krankenhaus-Café und essen ein Stück Kuchen."

In dem Café setzte Michael sich neben Jelena und hielt ihre Hand.

"Ich wäre so gerne mit dir um die Welt gereist, Michi", flüsterte sie.

„Um die Welt?"

„Um die ganze Welt!"

„Jela, liebe Jela, es wird alles gut. Du wirst sehen."

„Bekomme ich dann mein Kind zurück? Sie haben es mir einfach weggenommen."

„Bestimmt, ganz bestimmt, Jela. Es wird alles gut."

Sie hatten noch nicht ihren Kuchen ganz aufgegessen, als Jelena wieder auf ihr Zimmer wollte. Sie blieben noch eine dreiviertel Stunde bei ihr. Tief deprimiert fuhr Michael am Abend zurück nach Neroth. Er hatte Jelena beim Abschied versprochen, bald wiederzukommen.

33

Michael hatte sich vorgenommen, in vierzehn Tagen am Wochenende wieder in die Pfalz zu fahren. Als er am Donnerstag der zweiten Woche gegen fünf Uhr von der Arbeit nach Hause kam, fand er einen Brief von Philomena im Briefkasten. Stirnrunzelnd ging er in seine Wohnung und öffnete den Brief. Philomena teilte ihm mit, dass Jelena Suizid begangen habe. In einem unbeaufsichtigten Moment sei sie aus der Klinik entwichen und hätte sich von einer Brücke herab direkt vor einen LKW fallen lassen. Der unter Schock stehende Lkw-Fahrer habe noch Notarzt und Krankenwagen herbeirufen können, aber jede Hilfe sei zu spät gewesen. Die Beerdigung würde am Samstag in einer Woche in Landau stattfinden.

Michael starrte auf den Brief. Dann fing er wie von Sinnen an zu randalieren, stieß das Bücherregal um, schlug zwei Stühle gegen die Wand, trat gegen seinen PC, so dass er vom Computertisch fiel. Schließlich warf er sich auf sein Bett und schluchzte hemmungslos.

Nach fünf Minuten klopfte es an der Tür. Erst zaghaft, dann lauter. Es war die Vermieterin, Frau Steffens. Ob er ein Problem habe und ob sie helfen könne. Nein, das könne sie nicht. Im Augenblick wolle er nur alleine sein. Er verfluchte sich selbst und sein Leben. Schon als Heranwachsender hatte er gestohlen und geraubt, später einen Mann fast totgeschlagen, dann eine junge Frau vergewaltigt und jetzt war er aufgrund seines früheren ehebrecherischen Verhaltens an dem Unglück eines Menschen und seinem Tod mitschuldig geworden. Seine Verzweiflung war rabenschwarz und abgrundtief. War alleine er schuld oder seine traurige Kindheit oder vielleicht die ererbten schlechten Gene? Er tat beides: Er klagte Gott an und bat ihn gleichzeitig um Hilfe. Dann holte er sich sein Mountain-Bike aus der Garage und fuhr so schnell es seine Kräfte zuließen auf Wander- und Wirtschaftswegen rund um den Nerother Kopf. Seine Beine schmerzten, er bekam kaum noch Luft Er wollte seine Schuld vergessen, verdrängen, auslöschen. Wieder zu Hause klingelte er bei Frau Steffens, entschuldigte sich für sein Verhalten und beteuerte, er würde selbstverständlich für entstandene Schäden in seiner Wohnung aufkommen.

Am nächsten Tag wurde Michael schon mittags vom Betrieb nach Hause entlassen. Ob er Grippe habe, hatte ihn der Chef gefragt. Er sähe ganz danach aus. Ein anderer Mitarbeiter war ins Büro gekommen und hatte gesagt, mit Michi sei heute nichts anzufangen. Er mache ständig irgendwelche dummen Fehler bei der Arbeit.

Um kurz nach 19 Uhr standen Karl-Heinz und Joseph vor der Tür. Die Grippewelle sei doch noch gar nicht bis in die Eifel vorgedrungen. Sie wollten wissen, was wirklich mit ihm los wäre. Er erzählte es ihnen. Danach gingen sie in die Gastwirtschaft *Zur Neroburg.* Um Mitternacht waren alle drei nicht unbedingt sterngranatenvoll, aber zumindest stark benebelt. Sie waren jetzt nur noch alleine mit dem Wirt in der Schankstube. Der hatte den ganzen Abend nach guter alter Wirtemanier die drei Affen in einer Person verkörpert: Nichts sehen, nichts hören, nichts sagen. Obwohl er ständig mit Bier ausschenken, Gläser waschen, dem Abrechnen etc. beschäftigt gewesen war, hatte er doch das mitunter lautstark geführte Gespräch des Trios teilweise mitbekommen.

Der große, kräftige, laute Mann schien der Motivator zu sein. Aus seinem Mund kamen Worte wie „nicht den Kopf hängen lassen" oder „morgen sieht die Welt schon wieder ganz anders aus". Der schmale, eher sensibel wirkende Mann neben ihm war offensichtlich der Moralist. Man hörte Sätze wie: „Du musst unbedingt mehr Selbstbeherrschung haben!" „Du benimmst dich manchmal wie ein Kind." Und: „Jeder Mensch hat gute und schlechte Seiten, konzentriere dich auf deine guten Seiten." Der Dritte im Bunde, auf den sich das Gespräch zu konzentrieren schien, redete nicht viel. Er war aber offensichtlich derjenige, den die beiden anderen aufzurichten versuchten.

Als sie schon im Begriff waren zu gehen und der große Kräftige die Rechnung beglichen hatte, winkte der Wirt sie noch einmal zu sich an die Theke heran. „ Noch einen kleinen *Eifelzwerg* als Absacker, Jungs. Geht aufs Haus." Sie kippten den Kräuterschnaps in einem Zug hinunter. „Wisst ihr", sagte der Wirt und schaute dabei den Sensiblen an, „Alkohol hat gute und schlechte Seiten. Schlecht ist, dass man sich am nächsten Morgen unter Umständen beschissen fühlt, aber gut ist, dass man lernt, die Welt aus einer anderen Perspektive zu betrachten. Das macht einen toleranter und letztendlich versöhnlicher." Aufgrund seiner langen Erfahrung als Wirt könne er behaupten, dass die größten Idioten meist die seien, die die Welt immer völlig nüchtern nur aus einer, nämlich ihrer eigenen begrenzten Perspektive wahrnehmen würden.

Er schenkte ihnen noch einen weiteren Kräuterschnaps ein. Die Flasche sei ohnehin schon fast leer. Nach dieser geballten Ladung an Thekenphilosophie kippten sie auch dieses Glas hinunter. „Auf die Freundschaft!", trompetete Kalle. „Auf die Freundschaft!", riefen die anderen. Danach verließen sie die Gastwirtschaft und übernachteten alle drei in Michaels Wohnung.

Am folgenden Morgen, noch bevor die zwei anderen die Augen aufgemacht hatten, war Joseph aufgestanden und hatte Frühstück zubereitet. Großen Hunger verspürte jedoch keiner. Dafür tranken sie den überaus starken Kaffee mit großer Andacht. Karl-Heinz schlug vor, am Abend ins Dauner Forum zu gehen. Dort würde Jürgen Karl Beckers, alias Jürgen B. Hausmann, sich mit seinem neuen Programm *Ohrläppchen FKK* die Ehre geben. Kabarett sei ein bewährtes Mittel gegen Depressionen. Michael meinte, er sei dafür nicht in der passenden Gemütslage, sie sollten ohne ihn gehen. Aber sie ließen nicht locker, bis er schließlich klein beigab.

Der nicht immer stubenreine Humor von Jürgen B. Hausmann war wie immer zwerchfellerschütternd. Das Publikum bog sich vor Lachen, die Frauen hinter vorgehaltener Hand, die Männer geradeheraus. Sogar Michael musste hin und wieder schmunzeln. In der Pause meinte Kalle, dass der ehemalige Lehrer Hausmann wahrscheinlich nur deshalb nicht mehr an einer Schule unterrichte, weil er seine Schüler nur zum Lachen, aber nicht zum Lernen gebracht habe. Vorgesetzte Dienstbehörden hätten dafür bestimmt wenig Verständnis gehabt.

34

Am Sonntagabend klingelte bei Michael das Telefon. Es war zu seiner Überraschung Alexandra.

„Hallo, Michi. Wir haben länger nichts voneinander gehört. Wie geht es dir?"

„So weit, so gut. Es geht halt immer weiter."

„Dann geht es dir so wie mir. Ich war übrigens gestern mit Felix im Forum. Dort habe ich dich mit deinen beiden Kumpels gesehen. Du sahst nicht gerade glücklich aus. Ist der rheinische Humor nichts für dich?"

„Doch, schon! Aber ich war nicht in der richtigen Stimmung."

„Nicht in derselben Stimmung wie auf der Laurentiuskirmes?"

„Da waren ja meine zwei Freunde dabei."

„Den Abend meine ich nicht, sondern den darauffolgenden, als du gleich mit drei Frauen über die Kirmes gezogen bist. Meine Freundin kann das bestätigen."

Michael suchte nach Worten.

„Hat es dir die Sprache verschlagen oder bist du eingeschlafen?", hörte er Alexandra am anderen Ende der Leitung sagen.

„Ich wusste nicht, dass du auch noch einmal auf der Kirmes warst", brachte er schließlich hervor.

„Das ist überhaupt keine Entschuldigung, lieber Michi. Eine Frau hätte ich ja noch verstanden, aber gleich mit dreien...?"

„Die kannte ich vorher gar nicht. Sie haben mich einfach aufgegabelt. Einer gegen drei, ich war machtlos."

„Na Hauptsache, du hast dich amüsiert."

Er überlegte einen kurzen Moment, dann sprang er ins kalte Wasser. „Ich habe vorher stundenlang nach dir Ausschau gehalten, Alexandra, aber du warst nirgends zu finden."

Funkstille trat ein. Er hörte nur ihr Atmen. Dann sagte sie: „Stimmt das wirklich?"

„Ja, das stimmt wirklich."

„Michi, bist du heute Abend bei dir in deiner Wohnung?"

„Ja."

„Allein?"

„Ja."

„Ich komme mal kurz vorbei, wenn du nichts dagegen hast."

Eine viertel Stunde später saßen sie in seiner Wohnung in den beiden Sesseln am Couchtisch. Er erzählte ihr von Jelena und anschließend auch davon, was nach dem letzten Abend auf der Kirmes passiert war. Anderen Frauen gegenüber hätte er den sexuellen Übergriff sicher verschwiegen. Ihr gegenüber konnte und wollte er jedoch nichts verheimlichen. Er hatte das unbestimmte Gefühl, dass er zu ihr bedingungslos offen und ehrlich sein musste.

Sie schaute ihn aus großen Augen an, schüttelte den Kopf und sah ihn wieder an. In ihrem Blick lag in dem Moment große Traurigkeit. „Oh, Michi!", war alles, was sie herausbrachte. Er hatte befürchtet, dass sie ihm wegen der Vergewaltigung heftige Vorwürfe machen oder einfach aufstehen und die Wohnung verlassen würde. Doch nichts von dem geschah. Er wusste zu dem Zeitpunkt noch nicht, dass sie ihn auch später nie wieder von sich aus darauf ansprechen würde.

Nach zwei Minuten quälenden Schweigens fragte sie stattdessen: „Warum hast du mir eigentlich nie auf meinen Brief ins Gefängnis geantwortet?"

„Weil ich ein Idiot und ein Feigling bin."

„Du bist kein Feigling. Eine Frau sieht und spürt das. Sag mir warum?"

„Aus Scham. Du bist zu gut für mich."

„Jetzt bist du wirklich ein Idiot! Komm, gib mir deine Hand." Ihr Verständnis für seine Nöte schien keine Grenzen zu kennen.

Dann sagte sie: „Weißt du, Michi, in meiner Familie kommen auch Sinti vor."

„Tatsächlich? Das sieht man dir mit deinen blonden Haaren überhaupt nicht an."

„Dann schaue bitte mal tief in meine Augen."

„Schwarz wie die Nacht."

„Siehst du, das ist der Sinto in mir. Und was noch toller ist, einer meiner Vorfahren war Karl der Große."

Michaels Gesicht bekam einen missmutigen Ausdruck. „Du willst mich wohl auf den Arm nehmen? Dazu bin ich jetzt nicht in der Verfassung."

„Nein, will ich überhaupt nicht. Auch wenn es vielleicht danach aussieht. Ich kann es dir erklären."

„Na, dann erklär mal. Da bin ich aber gespannt."

„Dann pass mal gut auf. Die Großmutter meines Großvaters mütterlicherseits kam aus dem Städtchen Gerolstein. Verheiratet war sie mit einem Mann aus Neroth. Wie du sicher weißt, sind viele Nerother früher als Hausierer – man nannte sie auch die Jenischen - in ganz Deutschland unterwegs gewesen, um ihre Drahtwaren zu verkaufen, so auch meine Ururgroßmutter mit ihrem Mann. In Pommern an der Ostsee haben sie dann einmal für ein paar Tage zusammen mit Sinti auf einem Lagerplatz campiert. Während der Nerother in den umliegenden Dörfern versucht hat, seine Mausefallen, Küchenutensilien und so weiter zu veräußern, ist seine Frau auf dem Lagerplatz geblieben, weil sie sich angeblich unwohl fühlte. Zurück in Neroth bekam sie dann neun Monate später Zwillinge."

„Da ist doch nichts gegen einzuwenden. Der Fortbestand der Landfahrer-Sippe war gewährleistet", merkte Michael an..

„Sollte man annehmen, doch in diesem Fall gab es ein böses Erwachen. Die beiden Winzlinge - einer von beiden war, wie du erahnst, mein Urgroßvater - hatten im Gegensatz zu dem Nerother, der rotblond war und helle Haut hatte, pechschwarze Haare und eine dunkle Haut."

„Und sie lebten glücklich zusammen bis ans Ende ihrer Tage", lachte Michael.

„Leider nicht. Meine Ururgroßmutter wurde von ihrem Mann zurück zu ihren Eltern geschickt, wo sie dann später nach der Scheidung ein zweites Mal heiratete, einen verwitweten Friedhofgärtner."

„Das hätte ich an Stelle des Nerothers auch veranlasst."

„Alter Macho! Auf dass du nie eine Frau findest! Du wärst ihr Unglück." Alexandra boxte ihm spielerisch auf die Schulter. Ihre vorherige Traurigkeit schien vergessen zu sein.

„Und jetzt noch das Märchen von Karl dem Großen, bitte."

„Vorhang auf, zweiter Akt. Also, - meine Urgroßmutter väterlicherseits war eine „Von"."

„Auweia, jetzt wird's aristokratisch", konnte sich Michael nicht verkneifen einzuwerfen.

„Verarmter Niederer Adel, nix Besonders. Nur vier nicht ganz hässliche Töchter."

111

„Und Karl der Unvergleichliche hat eine von ihnen zur Frau genommen?"

„Deine Geschichtskenntnisse sind bodenlos, Michi. Karl der Große hat von 768 n.Chr. bis 814 n.Chr. gelebt! Ein bisschen komplizierter war das dann schon. Die lange Ahnenreihe, die mein genealogisch interessierter Großvater bis ins 15. Jahrhundert zurückverfolgt hat, führt zu einem gewissen Landgrafen Ludwig II von Hessen. Dessen Ahnenreihe wiederum reicht bis zu Karl dem Großen und darüber hinaus. Der Landgraf hatte nämlich - wie damals keineswegs unüblich - neben seiner Frau noch eine Mätresse. Das war die Tochter eines seiner Hofbeamten. Mit seiner Frau bekam er vier Kinder und mit seiner Mätresse weitere acht."

„Und ihr stammt natürlich von der wohlanständigen, ehrbaren Ehefrau ab, vorausgesetzt es kam nicht im weiteren Verlauf der Fortpflanzung zu außerehelichen Verfehlungen angeheirateter Frauen in eurer Familie."

„Leider nicht. Die sittenlose, aber sehr fruchtbare Mätresse ist unsere Urmutter."

„Das sieht man ihrer verdorbenen Nachkommenschaft heute noch an." Er bekam einen zweiten Schlag auf die Schulter.

„Aber jetzt mal ehrlich, Alexandra. Wie will dein gerontologischer Großvater das alles herausgefunden haben?"

„Da gab es schon Vorarbeiten in seiner genealogisch beschlagenen Familie. Genealogisch beschlagen, Michi, genealogisch! Wenn man nämlich in solchen Familien nichts hat, kein Schloss, kein Land, kein Vermögen, keine Briefmarkensammlung, - einen langen Stammbaum und einen großen, generationenübergreifenden Familien-zusammenhalt gibt es immer. Meistens hängen auch einige Vertreter des Stammbaums im Wohnzimmer an der Wand. Und ansonsten muss man eben in alten Geburts- Heirats- und Sterbeurkunden, Erbschafts- und Kaufverträgen oder teilweise unrühmlichen Gerichtsakten schnüffeln."

„Ich weiß nicht mal, wer mein Vater ist. Und bei der Familie meiner Mutter komme ich gerade mal bis zu deren Großvater, einem Bauern aus Schlesien."

„Da solltest du aber wirklich mal etwas aufrüsten. Seine Herkunft herauszufinden, kann auch Spaß machen. Sonst bekommst du irgendwann das Gefühl, eine Eintagsfliege zu sein. Egal, ob man bei seinen Nachforschungen auf Sinti, Landgrafen oder die Schinderhannes-Bande stößt, letztendlich sind wir das Endprodukt einer langen Reihe von Menschen, deren Eigenschaften, vielleicht sogar Sehnsüchte und Ängste auch in unseren Genen stecken. Aber ich kann dir zum Trost sagen, dass der Frankenkönig vielleicht auch dein Vorfahre ist. Es gibt nämlich - wie Forscher herausgefunden haben - heutzutage etwa zwei Millionen Menschen, die von ihm abstammen, was bei dem Kinderreichtum früherer Zeiten kein Wunder ist. Allerdings, nur die wenigsten können das beweisen."

Michael stützte sein Kinn in seine rechte Hand und sah aus dem Fenster hinaus. „Alles total verrückt! Doch wer möchte schon gerne eine Eintagsfliege sein?", dachte er.

Als er ihr später kurz vor Mitternacht bei der Verabschiedung sagte, dass er am nächsten Wochenende zur Beerdigung von Jelena, der Sintiza, nach Landau fahren würde, fragte sie kaum hörbar: „Darf ich mitkommen?"

35

Sie standen auf dem Hauptfriedhof in Landau. Hier befand sich das Familiengrab der Familie Reinhardt. Die meisten deutschen Sinti haben auch deutsche Namen, hatte Jelena ihm einst erklärt. Ihr Urgroßvater sei sogar im 1. Weltkrieg Soldat gewesen und hätte wegen Tapferkeit einen Orden erhalten und wäre zum Gefreiten befördert worden, worauf er mächtig stolz gewesen sei. Leider sei der Urgroßvater kurz vor Kriegsende gefallen Die Urkunde und die Medaille, jahrzehntelang wie Heiligtümer von der Familie aufbewahrt, wären aber leider in der Nazizeit verloren gegangen.

Michael blickte auf die Begräbnisstätte der Familie. Sie glich eher einem nach drei Seiten hin offenen Mausoleum als einem herkömmlichen Grab. Er sah die gerahmten Fotos von Verstorbenen, die Frauen in farbenfroher Tracht, die Männer in schwarzen Anzügen. Um das Grab herum lagen aufwendige Blumenarrangements. Von nah und fern waren über hundert Trauergäste angereist. Sinti halten zusammen, hatte Jelena ebenfalls gesagt. Es spielte eine Kapelle. Die Melodien kündeten von Liebe, Sehnsucht und Schmerz. Andere Friedhofsbesucher, die zufällig vorbeikamen, blieben stehen und bekamen feuchte Augen.

Michael dachte an Jelena. Philomena hatte ihm vor der Trauerfeier das Bild gezeigt, das sie später über dem Grab anbringen wollten. Es zeigte das fröhliche, pausbäckige Gesicht einer jungen Frau mit schelmischen, neugierig in die Welt blickenden Augen, so wie man sie in Erinnerung behalten wollte.

Für den sich anschließenden Beerdigungskaffee war ein großer Saal angemietet worden. Es war an nichts gespart worden: Geschmückte Tische, kalte Platten, Torten und Getränke aller Art. Es ging nicht nur traurig zu. Die Kapelle spielte jetzt auch beschwingtere Weisen. Der Tod gehörte zum Leben. So war es schon immer und so würde es weiterhin sein.

Michael und Alexandra saßen am Tisch, an dem auch Philomena, ihr Mann und andere Mitglieder der engeren Familie saßen. Die Schwester hatte sie darum gebeten. Die Befürchtung von Alexandra, sie würde möglicherweise als Fremdkörper unter all den Leuten angesehen werden, bestätigte sich nicht. Ihr und Michael wurde immer wieder Kaffee und Kuchen angeboten, sie unterhielten sich nach rechts und links und bestaunten natürlich die mitgebrachten Babys. Man hatte den Eindruck, dass alle über Michael und Jelena Bescheid wussten.

Als sie am späteren Nachmittag auf der Autobahn heimwärts fuhren, sprachen sie nur wenig miteinander. Die Eindrücke des Tages gingen ihnen durch den Sinn. Alexandra schaute aus dem Fenster und sah, wie die untergehende Sonne die nach Osten strebenden Wolken einfärbte.

„Hast du eigentlich Felix erzählt, dass du mit mir nach Landau fährst?" wollte Michael plötzlich wissen.

„Ja, habe ich."

„Und wie hat er reagiert?"

„Ziemlich deprimiert, aber erstaunlich ruhig."

„Hat er etwas dazu gesagt?"

„Reisende soll man nicht aufhalten."

Beide schwiegen nachdenklich. Irgendwann legte sie ihre Hand auf sein rechtes Bein. So fuhren sie weiter in

Richtung Daun. Kurz vor dem Ziel fragte Michael seine Beifahrerin, ob sie mit zu ihm kommen wolle.

Sie antwortete „Das ist heute nicht der richtige Tag, glaube ich. Vielleicht nächste Woche."

„In der nächsten Woche bin ich leider in Norddeutschland auf Montage."

„Dann am Wochenende danach, Michi. Ich freue mich drauf."

36

Wie viele Männer, aber nicht unbedingt alle Frauen wissen, kann eine Tage anhaltende, zu intensive, vom Bewusstsein nur schwer zu steuernde Konzentration auf Sex zu ungesunden Verspannungen in bestimmten Körperregionen führen. Das wiederum kann unliebsame Komplikationen in den entscheidenden Momenten zur Folge haben. Michael hatte eine ganze Woche Zeit, sich die Erfüllung seiner geheimen Sehnsüchte auszumalen.

Am Samstagabend stand Alexandra mit einer kleinen Reisetasche vor seiner Wohnungstür. Vielleicht könne man vor dem gemütlichen, zweiten Teil des Abends vorher noch irgendwo gediegen essen gehen, schlug sie vor. Sie hätte den ganzen Tag noch nichts Richtiges zu sich genommen. Sie gingen in das Restaurant Panorama. Von dem herrlichen Panoramablick über Daun bekamen sie jedoch weniger mit. Stattdessen blickten sie sich tief in die Augen, hielten sich hin und wieder an den Händen und erfreuten sich an dem guten und reichlichen Essen. Darüber vergaß Michael sogar für eine Weile seine Verspannung in der Leistengegend.

Wieder in seiner Wohnung kam es, wie es kommen musste. Beide mühten sich redlich, aber zu einer praktischen Umsetzung seiner phantasievollen Wünsche sah sich Michael außerstande. Frauen reagieren in derartigen Situationen gemeinhin säuerlich. Sie meinen, sie würden nicht begehrt, obgleich – wie in diesem Fall - das genaue Gegenteil zutrifft.

Auch Alexandras Stimmung kühlte etwas ab. Doch sie war nicht nur eine intelligente, sondern auch eine einfühlsame Frau.

„Was ist los, Michi? Bin ich nicht gut genug? Wünschst du dir im Bett was anderes?"

„Du bist genau das, was ich mir immer gewünscht habe."

„Dann sage mir bitte, was mit dir los ist."

Verlegen versuchte er, es ihr zu erklären.

Danach meinte sie, man könne die Nacht über ja auch einfach nur lieb beieinanderliegen. Sie würden das mit dem Sex zu einem späteren Zeitpunkt schon hinbekommen. Fünf Minuten später war sie eingeschlafen. Ihr Arm lag auf seiner Brust. Michael lag noch eine Stunde lang regungslos wach. Er starrte an die Zimmerdecke und schämte sich.

Als er am nächsten Morgen um 9 Uhr aufwachte, kam Alexandra gerade angezogen und gutgelaunt aus dem Badezimmer. „Aufstehen, du Langschläfer", rief sie. „Bei dem schönen Wetter können wir eine Wanderung machen. Butterbrote habe ich schon geschmiert und eingepackt."

Sie fuhren zum Meerfelder Maar und wanderten von dort über den Mosenberg und die Heidsmühle zu den beiden Burgen in Niedermanderscheid und auf einem anderen Weg wieder zurück nach Meerfeld.

Nachdem sie abends wieder in Neroth angekommen waren, schauten sie sich im Fernsehen noch den Tatort-Krimi an. Danach verabschiedete sich Alexandra. Er und sie müssten ja am Montagmorgen früh zur Arbeit, da wäre ausreichender Schlaf vonnöten. Nächstes Wochenende käme sie dann vielleicht wieder.

„Das ist aber lange", beklagte sich Michael. „Was machst du denn die ganzen Abende bis dahin?"

Sie blickte ihn aus ihren dunkelbraunen Augen scheinbar ernst an. „Vielleicht treffe ich mich ja mal wieder mit Felix. Er sah ziemlich betrübt aus nach unserem letzten Gespräch, obwohl er ansonsten doch durchaus witzig sein kann. Außerdem brauchst du bestimmt Zeit, um deine inneren Verspannungen aufzulösen." Als sie sich umdrehte, grinste sie verstohlen. Das sah Michael jedoch nicht. Enttäuschung war auf seinem Gesicht deutlich abzulesen.

Nach drei Tagen stand Alexandra abends jedoch wieder vor seiner Tür.

„Das war aber eine kurze Woche", sagte er überrascht. „Hatte Felix keine Zeit?"

„Du Idiot. Felix kann von mir aus zum Mond fliegen. Irgendwann wird ihm schon die Richtige über den Weg laufen. Du müsstest mich aber eigentlich besser einschätzen können." In ihren Worten lag ein leiser Vorwurf.

„Na, dann komm herein. Besonders aufgeräumt habe ich aber nicht."

„Das interessiert mich die Bohne. Sag mir lieber, ob sich deine Probleme verringert haben."

„Ich glaube, sie sind verschwunden."

Sie errötete, packte ihn am Kragen und schob ihn lachend in den kleinen Flur hinein. Mit ihrem Fuß drückte sie die Tür zu. Im Wohnzimmer gab sie ihm einen Stoß, so dass er rückwärts über die Armlehne auf sein Sofa fiel. Dann setzte sie sich rittlings auf ihn. Langsam öffnete sie die Knöpfe ihrer Bluse und zeigte ihm das pralle Leben. Dabei beobachtete sie ihn genau. Als sie in seinem Blick das sah, was sie sehen wollte, flüsterte sie: "Greif zu! Sie gehören dir." Ihre dunkelbraunen Augen funkelten ihn an. Dieses Mal würde sie ihn nicht so einfach davonkommen lassen.

Frau Steffens in der Wohnung unter ihnen hörte verdächtige Geräusche. Irgendetwas polterte. Als sie jedoch genauer lauschte, schienen die Geräusche nicht von einer neuerlichen Randale herzurühren. Sie erinnerten sie vielmehr an eine längst vergangene Zeit, als sie und ihr Mann noch jung und daseinshungrig waren. Sie lächelte müde und lehnte sich wieder in ihren Sessel zurück. Dann stellte sie das Fernsehgerät etwas lauter. Sie sah gerne Musiksendungen mit deutscher Volksmusik. Die Lieder handelten meistens von der Liebe.

37

Irgendwann wollte Alexandra Michael ihrem Vater und seiner zweiten Frau vorstellen. Das gehört sich so, meinte sie. Michael drängte es nicht danach. Er wusste, dass Alexandras Vater Oberamtsanwalt am Dauner Amtsgericht war. Mit Gerichten und den dort Beschäftigten wollte er aber lieber nichts mehr zu tun haben. Außerdem befürchtete er, dass ein Metallbauer in den Augen eines Anwaltes nicht unbedingt der Wunschkandidat für die Rolle des Partners der eigenen Tochter sein würde. Folglich ging er mit einem mulmigen Gefühl im Bauch mit Alexandra mit.

Das gepflegte Einfamilienhaus in einer der besseren Wohnlagen Dauns verstärkte dieses Gefühl. Er selber hatte früher mit seiner Mutter und seinem Stiefvater nur in einem eher schäbigen Mehrfamilienhaus an der Bitburger Straße gewohnt. Nachdem sie geklingelt hatten, öffnete Alexandras Stiefmutter die Tür. Alexandra wurde herzlich umarmt, er auf eine nette Art willkommen geheißen. Als sie den Hausflur betraten, stand Herr Kettler schon in der Wohnzimmertür. Er war kleiner als Michael, von normaler Statur und hatte einen ziemlich strengen Gesichtsausdruck. Nach einer zurückhaltenden, aber dennoch freundlichen Begrüßung ging man in das Wohnzimmer, wo auf dem Tisch Kuchenteilchen und eine Kanne Kaffee standen.

Michael schaute sich unauffällig um. An den Wänden hingen Landschaftsbilder und Stillleben. In einer Ecke entdeckte er ein gerahmtes Wappen.

„So so, Sie sind also Michael Raschke, von dem meine Tochter so schwärmt", sagte Alexandras Vater. Michael wusste selber nicht, wie er dazu kam. Wahrscheinlich wollte er seine Komplexe abschütteln, denn er antwortete spontan: „Nein, ich bin nur der Ersatzmann. Herr Raschke ist leider erkrankt und konnte nicht kommen." Nach fünf Sekunden andächtiger Schockstarre fingen alle an zu lachen. Sogar das strenge Gesicht von Herrn Kettler verzog sich zu einem amüsierten Grinsen. Michael fühlte sich deutlich wohler.

„Na, wenn dem so ist, dann nehmen Sie sich mal eins der Teilchen und reichen bitte die Kuchenplatte weiter. Meine Frau kann Ihnen sicher eine Tasse Kaffee einschütten oder trinken Sie lieber Tee. Dafür bin ich zuständig. Sie brauchen es nur zu sagen. Ich gehe in die Küche und bin im Nu mit Tee zurück."

Michael hätte am liebsten geantwortet, dass ihm ein Schnaps jetzt eigentlich lieber wäre. Aber er wollte es ja nicht übertreiben. Also antwortete er brav, Kaffee wäre jetzt am Nachmittag genau das Richtige für ihn.

Nach dem ersten Schluck Kaffee sagte er: „Hmmm, der schmeckt ja wie früher, als ich bei meiner Oma Weißbrot in den Kaffee tunken durfte."

„Ja, das ist ein kleiner Luxus, den wir uns gönnen. Ich kaufe die Bohnen in der Dauner Kaffeerösterei und male sie dann selber. Das ist dann doch etwas anderes als der Tütenkaffee aus dem Supermarkt." Frau Kettler war sichtlich erfreut.

Nach 15 Minuten Smalltalk wurde das Gespräch persönlicher. Frau Kettler wollte wissen, ob er aus Daun stamme.

„Ja, geboren bin ich hier im Kreiskrankenhaus. Aber die Familie meiner Mutter kommt ursprünglich aus Oberschlesien."

„Ach, was für ein Zufall. Meine Eltern sind ebenfalls Spätaussiedler aus Oberschlesien. Industriearbeiter und Bergleute konnte man nach dem Krieg ja dort noch gut gebrauchen."

„Meine Mutter hat mir erzählt, dass ihre Vorfahren dort Bauern waren. Selbständige, freie Bauern." Michaels Blick streifte scheu das Kettlersche Familienwappen.

Er wusste einiges über die Geschichte Schlesiens und Alexandras Vater schien ebenfalls historisch interessiert zu sein.

Schließlich sagte er: „Na ja, Landwirt konnten Sie ja dann nicht mehr werden. Meine Tochter hat mir erzählt, dass Sie Metallbauer sind. Macht Ihnen die Arbeit Spaß?"

„Eigentlich schon. Ich werde sicher demnächst die Meisterschule besuchen und mich vielleicht mal selbstständig machen."

„Das ist gut. Ich bin leider mit zwei linken Händen zur Welt gekommen und habe das immer als Manko empfunden."

Michael anfängliche Befangenheit schwand immer mehr. Inzwischen war das Kaffeegeschirr abgeräumt worden und Herr Kettler bot Michael eine Zigarette an. Er lehnte dankend ab. „Das ist sehr freundlich, aber ich bin Nichtraucher."

Die Zigaretten versanken wieder in der Jackettasche.

„Das ist sehr vernünftig von Ihnen. Ich habe mir das leider im Büro angewöhnt. Diese oft nervtötende Aktenarbeit. Sie wissen schon…". Michael wusste nicht, aber er konnte es sich denken.

„Mein Vater ist sehr gründlich, Michi, und manchmal vielleicht auch etwas umständlich", bemerkte Alexandra lächelnd.

„Bei der Tätigkeit ist Gründlichkeit bestimmt notwendig", antwortete Michael. Ihm war nicht entgangen, dass Herr Kettler ihn hin und wieder nachdenklich und prüfend ansah. Was er denn so in seiner Freizeit mache, wollte dieser dann wissen. Vielleicht Sport oder auch Computerspiele?

„Computerspiele eher weniger. Eigentlich benutze ich meinen PC nur, um mich beruflich weiterzubilden und um mich über das Tagesgeschehen zu informieren. Ansonsten gehe ich gerne mit Ihrer Tochter aus oder wir wandern zusammen durch Berg und Tal." Michael wusste natürlich, dass Herr Kettler Mitglied im Eifelverein war. „Außerdem lese ich ziemlich viel. Romane, aber auch gelegentlich Sachbücher. Ich interessiere ich mich nämlich etwas für Kunst und für Geschichte. Manchmal fahre ich mit meinem Mountain-Bike durch die Eifel. Zu Hause nach Feierabend höre ich gerne Country-Music."

Sie unterhielten sich eine Weile über lohnende Wanderziele und das letzte Buch, das er gelesen hatte: Via Mala. Herr Kettler kannte ebenfalls den Roman, die beiden Damen hatten die Verfilmung mit Mario Adorf in der Rolle des brutalen Sägemüllers gesehen. Eine düstere Familiensaga, fanden alle.

Danach gingen sie auf die Terrasse. Im Vorbeigehen sah Michael unter dem Familienwappen an der Wand den Spruch „Labore et Honore". Er hatte zwar nur Englisch und Französisch auf der Schule gehabt, konnte sich den Sinn aber halbwegs zusammenreimen. „Ein interessanter Wappenspruch", bemerkte er.

Herr Kettler zog erstaunt die Augenbrauen hoch. „Na ja, da könnte man noch das eine oder andere für ein sinnvolles Dasein zusätzlich auflisten. Aber wenn man seinen Job richtig macht und versucht, im Leben halbwegs ehrlich zu bleiben, ist das ja auch schon etwas. Es kommt letzten Endes nicht aufs Geld drauf an. Das kann man später ohnehin nicht mitnehmen. Das Totenhemd hat bekanntlich keine Taschen. Aber seine Ehre oder Ehrlosigkeit, die nimmt man mit ins Grab und muss sich, so glauben zumindest alle großen Religionen, dafür verantworten."

„Oh Papa!", unterbrach ihn seine Tochter. „Jetzt mach mal halblang. Du wirst mal wieder viel zu grundsätzlich und philosophisch. Besser, wir genießen einfach nur mal den Blick auf Daun." „Ist ja schon gut", brummte Herr Kettler.

Sie schauten hinunter auf die Kleinstadt, unter deren Dächern Fleißige und Faule, Ehrliche und Unehrliche, Reiche und Arme lebten. Sie sahen die Burg in der Mitte der Stadt, der ein tüchtiger Hotelier wieder zu neuem Glanz verholfen hatte, und erblickten das Gymnasium, auf dem Alexandra glückliche und Michael weniger glückliche Jahre verbracht hatten und im Hintergrund die wunderschöne Landschaft der Vulkaneifel.

Alexandras Vater zeigte auf das Gebäude des Amtsgerichts. „Dort hinten sehe ich auch jeden Morgen, wenn ich beim Frühstück aus dem Fenster schaue, meine Arbeitsstelle. Das müsste jetzt nicht unbedingt sein, denn ich verbringe ja ohnehin mein halbes Leben dort, es hat mein mentales Befinden aber bislang auch noch nicht entscheidend beeinträchtigt."

Sein beruflicher Weg zu dieser A 13-Stelle war nicht ganz ohne Komplikationen verlaufen, denn er war zweimal durch das Erste Juristische Staatsexamen durchgefallen. Deshalb war ihm eine Karriere im Höheren Beamtendienst versagt geblieben. Schuld daran waren sicher mehrere Umstände, vor allem aber sein lustiges. mit Hochprozentigem und Partys angereichertes Studentenleben und die eine oder andere lebenshungrige junge Dame, welche ihn von ernsthafteren Tätigkeiten abgehalten hatte.

Statt in der Staatsanwaltschaft eines großstädtischen Landgerichtes arbeitete er deshalb nun an einem kleinen ländlichen Amtsgericht, wo er sich jedoch mittlerweile recht wohl fühlte. Über einige Umwege war er nach seinem Examensdebakel an der Trierer Universität dann doch noch in den Gehobenen Juristischen Dienst gelangt und hatte es dort durch „Labore" vom Rechtspfleger zum Oberamtsanwalt gebracht, nachdem er mit einiger zeitlicher Verzögerung den Sinn seines Wappenspruches nun ernst genommen hatte.

Auf dem Rückweg zu Michaels Wohnung blickte ihn Alexandra an und sagte: „Du hast ja richtig diplomatisches Talent. Deine kleinen Nettigkeiten hätte ich dir so gar nicht zugetraut."

„Wieso? Ich habe doch nur das gemacht, was du mir vorher angedeutet hast. Außerdem, das mit dem Kaffee stimmt wirklich. Ich habe mein ganzes Leben lang nie wieder so einen guten Kaffee getrunken wie damals bei meiner Oma."

„Und mit deinem Interesse für sein Wappen hast du bei meinem Vater einen nicht zu unterschätzenden Pluspunkt eingeheimst."

„Na ja, Labore und Honore ist ja als Handlungsmaxime gar nicht mal so unsinnig. Das kann einer Familie auch Halt und Zielrichtung geben. Auch den labileren Mitgliedern einer solchen Familie."

„Aus dir wird noch mal was." Beide mussten lachen.

„Mein Vater neigt nur manchmal zu wahnsinnig tiefschürfenden Weisheiten, was schon ziemlich peinlich ist."

„Ich wäre froh gewesen, wenn ich in meiner Kindheit und Jugend einen Vater gehabt hätte, der mir mal den einen oder anderen moralischen Rat gegeben hätte. Vielleicht wäre ich dann in entscheidenden Momenten weniger anfällig für Dummheiten gewesen."

„Du musstest halt den härteren Weg gehen. Es kommt nur darauf an, ob man das Ziel erreicht, Schnuck."

„Jetzt klingst du aber reichlich philosophisch."

Alexandra grinste. „Der Apfel fällt nicht weit vom Stamm."

„Wissen deine Eltern eigentlich, dass ich im Gefängnis war?"

„Keine Ahnung. Ich habe es ihnen jedenfalls noch nicht gesagt. Aber da mach dir mal keine zu großen Sorgen. Mein Vater sieht nur manchmal streng aus. Aber ich kenne ihn besser."

Im Wohnzimmer von Alexandras Elternhaus saßen sich Herr und Frau Kettler gegenüber.

„Und, was meinst du? Ist der junge Mann das geeignete Pendent für unsere Tochter?"

„Das kann man nach einem Besuch noch nicht sagen. Auf jeden Fall hat ihm mein Kaffee geschmeckt. Und er scheint ganz nett zu sein."

„Na ja, nett versuchen wir ja alle zu sein."

„Also gut, wenn du es unbedingt wissen willst. Vor zwanzig Jahren hätte mir rein gefühlsmäßig ein solcher Mann vielleicht auch gefallen."

Herr Kettler wusste, dass die natürliche Menschen-kenntnis seiner Frau durchaus mit seiner in einem langen Berufsleben erworbenen Menschenkenntnis Schritt halten konnte.

Seine Frau hakte nach: „Was ist denn dein Eindruck?"

„Na ja, vielleicht bin ich etwas voreingenommen, nach dem, was mir da vor ein paar Wochen aus Trier zu Ohren

126

gekommen ist. Aber ich habe mich nach der letzten Sitzung am Landgericht mal länger mit Staatsanwalt Sommer unterhalten und er meinte, der Freund meiner Tochter sei an und für sich gar kein übler Kerl. Es sei nur von Anfang an so einiges schief gelaufen in seinem Leben."

„Wir werden halt nicht alle mit einem goldenen Löffel im Mund geboren."

„Wohl wahr! Das kann ich aus meiner Berufspraxis nur bestätigen. Mancher Delinquent ist im Grunde genommen ein ganz passabler Mensch und hat oft sogar mehr Moral als sogenannte brave Bürger."

„Findest du den jungen Mann also sympathisch oder unsympathisch?"

„Ich finde gut, dass er Bücher liest. Da lernt man andere Lebenswelten kennen. Und dass er gerne in der Natur ist, wandert und Mountain-Bike fährt, gefällt mir auch. Außerdem scheint er beruflichen Ehrgeiz zu haben."

„Und was findest du nicht gut an ihm?"

„Hmmm, hin und wieder schaut er meine Tochter wie ein närrischer Gockel an."

Seine Frau musste lachen. „Ist etwa der liebevolle Papa da ein ganz klein wenig eifersüchtig?"

„Wieso? Sieht man mir das an?" Herr Kettler schmunzelte und fuhr fort: „Aber wie dem auch sei. Du kennst ja den Dickkopf unserer Tochter. Sie kennt ihren Freund schon, seit sie im Kindergarten war. Obwohl ich immer ein gutes Verhältnis zu Alexandra gehabt habe, wird sie sich wenig von uns beeinflussen lassen, egal, was wir unsererseits sagen, tun oder wollen."

„Das könnte stimmen."

„Warten wir es also ab. Das Leben ist voller Überraschungen."

38

Eines Tages - Michael hatte im REWE-Markt in Daun-Pützborn seinen Wocheneinkauf getätigt - stand ein älterer Mann vor seinem Haus. Hellbraune Jeans, kariertes Hemd, dunkle Jacke, unscheinbar, - ein Mann, den man sehen und schnell wieder vergessen würde.

„Entschuldigen Sie, sind Sie Michael Raschke?", sprach ihn dieser an.

„Ja der bin ich." Michael überlegte, ob der andere vielleicht beabsichtigte, ihn für einen ausländischen Geheimdienst anzuwerben oder ihm lediglich einen günstigeren Stromanbieter aufschwatzen wollte.

„Ich bin dein Vater, Kurt Hommes", Die Worte des Mannes trafen Michael wie ein Paukenschlag.

„Ich habe nie einen richtigen Vater gehabt", hörte er sich sagen.

Der andere schaute zu Boden. „Ich weiß. Dann bin ich eben nur derjenige, der dich vor dreißig Jahren gezeugt hat." Die Stimme des Mannes klang kleinlaut.

„Und jetzt?"

„Ich wollte dich kennenlernen."

„Ist das nicht ein bisschen spät?"

„Das ist es. Aber könnten wir uns vielleicht doch mal unterhalten."

„Na, dann kommen Sie mit hoch. Ich mache uns einen Kaffee."

Michael saß dem Mann gegenüber und dachte an die Gesichtsanimationen, mit deren Hilfe man den Alterungsprozess von Menschen darstellen konnte. Sah der Mann ihm ähnlich? Konnte er sich in ihm wiedererkennen? Eine gewisse Ähnlichkeit glaubte er in der Tat zu erkennen.

Er hatte sich als Kind und später in den schwierigen Jahren seiner Jugend immer nach einem wirklichen Vater gesehnt. Nach einem Vater, der mit ihm Fußball spielte und Modellflugzeuge baute, ihn bei kniffligen Schulaufgaben unterstützte oder ihm einfach nur den einen oder anderen hilfreichen Ratschlag geben konnte. Stattdessen hatte er einen oft alkoholisierten, ständig prügelnden Stiefvater gehabt.

Sie unterhielten sich anderthalb Stunden lang. In dem Gespräch betonte Kurt Hommes mehrfach, wie leid ihm alles täte. Heute würde er vieles anders machen. Michael erfuhr, dass er verheiratet war und drei mittlerweile erwachsene Kinder hatte, eine Tochter und zwei Söhne. Vor seiner Heirat habe er, so sagte Herr Hommes, jedoch ein ziemlich unstetes Leben geführt, in verschiedenen Städten gelebt und mehrere Berufe ausgeübt. Seine resolute Frau hätte ihn jedoch domestiziert. Das sei letztendlich sein Glück gewesen. Er wohne jetzt in Cochem an der Mosel. Dort hätte er eine Handelsvertretung für Wein, Sekt und andere Spirituosen. Es ginge ihm gut.

Auch Michael berichtete von seinem Leben. Obwohl er bemüht war, seinem Vater keine weiteren Vorwürfe zu machen, schwangen seine Verbitterung und sein Unverständnis doch hier und da in seinen Worten mit. Am Ende reichten sie sich jedoch die Hand. Kurt Hommes gab Michael seine Adresse. Er könne ihn ja mal besuchen kommen. Seine Frau und seine Kinder würden sich ebenfalls freuen, ihn kennenzulernen. Das hätten sie ausdrücklich gesagt.

Michael stand nachdenklich am Fenster und schaute dem Wagen seines Vaters hinterher. Er hatte Mühe, seine Gedanken zu ordnen, denn er war immer noch überrascht und verwirrt. Er erinnerte sich an eine Magazinsendung im Fernsehen. In der Sendung ging es darum, dass nichtsnutzige Väter oder auch Mütter nach lebenslanger Abwesenheit sich plötzlich im Alter wieder an ihre Kinder erinnerten und diese um Hilfe anbettelten. Das war bei seinem Vater ganz offensichtlich nicht der Fall. War es also späte Reue oder vielleicht nur oberflächliche, temporäre Neugier?

Als er Alexandra davon erzählte, war sie sofort Feuer und Flamme. „Du hast immer einen richtigen Vater vermisst, Schnuck. Jetzt musst du wenigstens herausfinden, was für ein Mensch dieser Kurt Hommes, dessen Veranlagungen auch in dir stecken, wirklich ist. Dass er dich gesucht und gefunden hat, spricht ja schließlich für ihn."

39

Alexandra und Michael waren nun zusammen in eine größere Wohnung gezogen. Sie hatten jetzt nur noch ein Auto, denn Michael konnte seine Arbeitsstelle bequem zu Fuß erreichen. Frau Steffens bedauerte den Auszug ihres Mieters sehr, da sie sowohl ihn als auch seine Freundin in ihr Herz geschlossen hatte. Neulich hatte Alexandra mit zwei Blumensträußen vor ihrer Tür gestanden. Die Blumen seien aus dem Garten ihres Vaters, hatte sie gesagt. Einer wäre für sie und der zweite für ihren Freund. Was für eine nette, junge Dame, dachte sie. Ganz anders als die zwei vorherigen Frauen, die sie schon mal durch ihre Wohnzimmergardine beobachtet hatte, als sie Michael besuchten.

In der neuen Wohnung waren Michael und Alexandra glücklich und sie genossen das Leben. Im Herbst wanderten sie viel. Alexandras Vater war Wanderführer im Eifelverein und es bereitete ihm Freude, ihnen die schönsten Strecken zu empfehlen. Michael wunderte sich manchmal über die Kondition seiner Freundin. Auch nach einer 20 km-Wanderung zeigte sie keinerlei Anzeichen von Müdigkeit.

Sie erklommen Vulkanberge, durchquerten tiefeingeschnittene Täler, saßen am Rande alter, längst verfallener Mühlen im Gras und verzehrten die mitgebrachten Stullen oder erfreuten sich eng beieinander stehend an dem weiten Blick über fast menschenleere Hochebenen. Der in der Eifel im Oktober manchmal schon raue Wind konnte ihnen nichts anhaben. „Champagnerluft", sagte Michael.

Im Winter besuchten sie in ihrer Freizeit oft Kunstausstellungen oder fuhren in das Thermalbad mit angeschlossener Sauna nach Bad Bertrich. Alexandra war vorher noch nie in einer Sauna gewesen. Obwohl eigentlich nicht prüde, kam sie zum Erstaunen von Michael bei ihrem ersten Saunabesuch im Bikini aus der Umklcidckabinc. Als der ihr jedoch erklärte, dass dies nicht der Strand eines arabischen Emirats mit Verschleierungspflicht, sondern nur eine ganz normale, die Freikörperkultur pflegende Sauna in der Eifel sei, tauschte sie verschämt ihren Bikini gegen ihr Adamskostüm um, welches ihr mindestens genauso gut stand wie der Bikini. Das fand auch ein älterer Herr, der auf einer Bank sitzend ihr Gespräch mit angehört hatte, denn er nickte anerkennend mit dem Kopf.

Einen längeren Urlaub hatten sie sich nicht gegönnt, denn sie wollten in absehbarer Zukunft ein Haus kaufen. Keine Luxusvilla! Das benötigten sie nicht zu ihrem Glück. Aber vielleicht ein altes Bauernhaus mit Garten und Obstbäumen darin, meinte Alexandra.

40

Michael und Alexandra fuhren an einem sonnigen Frühlingstag mit dem Auto zum Meerfelder Maar und stellten es dort auf den öffentlichen Parkplatz vor dem Naturfreibad ab. Von dort stiegen sie auf den Mosenberg mit seinem Windsborn-Kratersee. Danach ging es den Horngraben hinunter in das Tal der Kyll. In dem schattigen Tal wanderten sie dann zu den Manderscheider Burgen. Auf der Oberburg legten sie eine Mittagspause ein.

Michael hatte einiges über die mittelalterlichen Burgen gelesen und erzählte Alexandra die Geschichte von dem Grafen, der seine Tochter dort bei lebendigem Leib hatte einmauern lassen, weil sie ein Verhältnis mit einem einfachen Knecht hatte. Er würde dasselbe mit ihr machen, sollte sie einmal auf die Idee kommen, ihn zu betrügen, obgleich er ja eigentlich der Knecht sei und sie das Burgfräulein.

Zu einer solchen absonderlichen Strafe würde es nicht kommen, entgegnete Alexandra, denn erstens wäre er kein Knecht, zweitens sei ihr Vater, der hochwohl-geborene Graf Kettler, strikt gegen diese Art von Bestrafung seiner Tochter und drittens gäbe es ja diverse, nicht feststellbare Gifte, die sie ihm klugerweise verabreichen würde, bevor er sie einmauern könne.

132

„Aber zum Glück ist es ja noch nicht so weit. Bis dahin sollten wir unser sündiges Leben in allen seinen Facetten genießen", sagte sie und knuffte ihn in seine Seite.

Außerdem wusste Michael von einer alten Frau zu berichten, welche im 19. Jahrhundert bis zu ihrem Tod unter ärmlichsten Verhältnissen zusammen mit ein paar Ziegen auf der Oberburg gehaust hatte. Sie war eine Verwandte des letzten Manderscheider Grafen, der vor den Franzosen nach Böhmen fliehen musste. Offensichtlich gefiel ihr die Eifel jedoch besser als das ferne Böhmen. Deshalb war sie später hier an den Herkunftsort ihrer Familie zurückgekehrt.

„Die Gefühle des Menschen sind unergründlich und für Außenstehende manchmal nur schwer nachvollziehbar", sinnierte Michael.

„Ich kann das gut verstehen," erwiderte Alexandra. „Oder kennst du einen schöneren Ort auf der Welt als die Vulkaneifel?"

Michael gab ihr einen Kuss.

Anschließend wanderten sie das Liesertal hoch zur Wacholderheide bei Bleckhausen. Weil es ihnen dort gut gefiel, lagen sie hier anderthalb Stunden nebeneinander in der Frühlingssonne im Gras. Später als geplant machten sie sich auf den Rückweg. Als sie auch noch einer Treibjagd ausweichen mussten, da sie vermeiden wollten, dass die Kugeln ihnen um ihre Ohren flogen, gerieten sie in die Abenddämmerung.

Auf der kleinen Verbindungsstraße zwischen Bettenfeld und Schutz kamen ihnen zwei Radfahrer entgegen. Sie maßen dieser Begegnung keine weitere Bedeutung bei, wunderten sich aber über die sehr altmodischen Fahrräder. Als sie dann jedoch nach links abgebogen waren und sich auf dem einsamen

Wirtschaftsweg zur abgelegenen Bleckhausener Mühle befanden, näherten sich dieselben Radfahrer wieder von hinten. Aber statt wie zuvor an ihnen vorbeizufahren, sprangen sie dieses Mal zu ihrer Überraschung von ihren Rädern.

Der Größere von beiden hielt ein Messer in der Hand und bedeutete Michael, sich ein paar Schritte von seiner Freundin weg zu bewegen. Der Kleinere wollte Alexandra auf den Boden werfen, was ihm jedoch nicht gelang, weil diese sich heftig wehrte. Zu seiner Verwunderung knöpfte sie jedoch unvermittelt ihre Jeans auf, ließ sie bis oberhalb ihrer Knie herunter und lehnte sich nach vorne an einen am Wegesrand stehenden Baum. Obwohl die Ganoven sich in einer fremden Sprache Worte zuwarfen und offensichtlich nur wenig Deutsch verstanden, war dieses zwar nicht unbedingt übliche, aber dennoch international verständliche Verhalten für sie in dieser Situation eindeutig und entsprach zweifelsfrei ihrem vorher gefassten Plan.

Michael machte zwei Schritte nach vorne, wurde aber von dem zweiten Mann sehr unsanft zurückgerissen und mit dem Messer bedroht. Plötzlich sah er, wie Alexandra den Kopf zu ihm drehte und ihm heftig zuzwinkerte. Danach wartete sie einige Sekunden, bis der hinter ihr stehende Mann seine Hose und Unterhose ebenfalls bis auf die Fußknöchel heruntergelassen hatte, dann zog sie ihr rechtes Bein an und trat ihm mit aller Gewalt nach hinten gegen sein Knie, so dass er rückwärts zu Boden fiel und sich aufschreiend mit beiden Händen das Bein hielt, während sein vermeintliches Opfer wieder schnell ihre Hose hochzog.

Fast im gleichen Moment trat Michael dem verblüfft dreinschauenden zweiten Mann mit Wucht zwischen die

Beine. Als dieser einen Grunzlaut ausstoßend sich vor Schmerz nach vorne krümmte, haute er ihm zusätzlich auch noch kräftig von unten auf die Nase, so dass es knackte. Das Messer fiel in den seitlich des Weges verlaufenden Graben.

Einige Augenblicke später schwangen sich beide auf die vor ihnen liegenden Fahrräder der Männer. Als sie etwa fünfzig Meter entfernt waren, drehte sich Alexandra um und winkte den unglücklich und wütend auf dem Boden sitzenden Männern fröhlich zu. „Das war aber nicht nett", rief Michael. „Aber redlich verdient", befand Alexandra und zwinkerte ihm ein zweites Mal zu. Viel früher als sie gedacht hatten, kamen sie so wieder an ihr geduldig in Meerfeld auf sie wartendes Auto.

Alexandra bestand darauf, diesen Vorfall polizeilich verfolgen zu lassen. Michael hingegen wirkte anfangs unschlüssig, dachte er doch an einen nicht lange zurückliegenden Vorfall, in den er selbst verwickelt gewesen war. Seine Freundin meinte jedoch, die beiden Vorkommnisse seien überhaupt nicht vergleichbar. In seinem Fall sei das eher eine Art Unfall gewesen, sicher sehr bedauerlich, aber keineswegs ein brutaler Angriff. Außerdem müsse man davon ausgehen, die zwei Männer würden, wenn sie ungestraft davon kämen, dergleichen noch einmal versuchen. Das gälte es unbedingt zu verhindern. Also fuhr man noch am selben Abend zur Polizeiwache in Daun und ließ den Fall aufnehmen.

Nach zwei Tagen waren die Delinquenten gefasst. Diese hatten geglaubt, besonders schlau zu sein, indem sie sich von Freunden am nächsten Morgen nicht zusammen in das nächstgelegene Dauner Krankenhaus bringen ließen, sondern der eine in das St. Elisabeth Krankenhaus in Wittlich, um seine herausgesprungene und angebrochene Kniescheibe einer Behandlung zuzuführen, und der andere in eine Gerolsteiner Arztpraxis, um seine schiefe Nase richten zu lassen.

Die Dauner Polizei war jedoch noch schlauer gewesen und hatte, nachdem die Überfallenen ihnen das Geschehnis genau geschildert hatten, sämtliche Krankenhäuser und Arztpraxen der Umgebung telefonisch kontaktiert und war so recht schnell fündig geworden.

Bei den Männern handelte es sich um zwei 23 und 24 Jahre alte illegale Zuwanderer aus Syrien. Diese waren zuvor Kombattanten des IS gewesen. Als jedoch der IS zunehmend in Bedrängnis geriet und ihre Einheit sich aufzulösen begann, waren sie nach Deutschland geflüchtet. In Syrien hatte jeder von ihnen eine ihrer Rechte beraubte Jesidin zur Frau genommen. Diese unglücklichen Geschöpfe hatten sich dann im Laufe der Zeit entsprechend des Stockholm-Syndroms an ihre Begleiter angepasst und waren allen ihren Wünschen nachgekommen. In Deutschland nun waren die beiden auf die Zuschauer im Gerichtssaal eigentlich nicht unbedingt unsympathisch wirkenden jungen Männer plötzlich mit einer sexuellen Nulldiät konfrontiert, welche sie weder einsahen noch bereit waren, tatenlos zu akzeptieren.

In der folgenden Gerichtsverhandlung wurde den Syrern als Pflichtverteidiger ein gewisser Rechtsanwalt Leif der Gerolsteiner Anwaltssozietät Sauer, Leif & Partner und ein Dolmetscher zur Seite gestellt. Felix

136

Meyer, der zunächst den Fall übernehmen sollte, hatte aufgrund persönlicher Befangenheit die Übernahme des Mandats abgelehnt. Er kenne die überfallenen Personen sehr gut. Da sei eine sinnvolle Verteidigung der Angeklagten nicht möglich.

Am Anfang der Verhandlung behaupteten die Angeklagten, dass sie zu der fraglichen Zeit überhaupt nicht am Ort des Geschehens gewesen wären. Ihre Verletzungen würden von einer körperlichen Auseinandersetzung in Daun herrühren. Da sie jedoch keinen einzigen Zeugen für die angebliche Schlägerei in der Kleinstadt benennen konnten und auch mehrere Menschen sie am Abend des Übergriffs im Dorf Schutz gesehen haben wollten, änderten sie ihre Aussage.

Sie gaben nun an, dass nicht sie die beiden jungen Leute attackiert hätten, sondern es sei genau umgekehrt gewesen. Sie selbst seien die Leidtragenden, da nämlich sie von den angeblichen Opfern angegriffen worden wären. Auf dem Verbindungsweg zwischen Schutz und der Mühle hätten diese sie unvermittelt von ihren Rädern gerissen. Entweder wollten die Angreifer - so sagten sie - sich ihre Fahrräder aneignen oder der durchtrainierte junge Mann wollte seiner Freundin beweisen, zu welchen „Heldentaten" er im Verbund mit ihr imstande sei. Die erste Version des Tatgeschehens hätten sie nur erfunden, weil sie sich vor ihren Freunden und Bekannten keine Blöße geben wollten. Von einer jungen Frau und deren Freund überwältigt zu werden, sei für sie als Syrer ehrenrührig.

Der Ankläger, Staatsanwalt Pitzen, entgegnete, dass Täter ja wohl kaum am Abend der Tat dann zur Polizei gehen würden, um das Verbrechen anzuzeigen. Das sei widersinnig und total abwegig. Außerdem hätten die beiden jungen Leute selber fast neuwertige Fahrräder. Sie benötigten deshalb bestimmt keine Drahtesel, die nicht einmal mehr den Rost wert seien, der an ihnen haftete. Und schließlich könne man der juristisch völlig unbescholtenen Frau Kettler, die zwar einen sportlichen, aber ansonsten ganz normalen, durchaus weiblichen Körperbau hätte, einen derartigen Übergriff kaum zutrauen. Auch die Richterin am Trierer Landgericht, Frau Dr. Wammers, fand die Erklärungen der Angeklagten unlogisch, wenn nicht sogar absurd.

So sehr sich Rechtsanwalt Leif auch bemühte, die Erklärungen der Angeklagten als mögliche Realität darzustellen, es nutzte nichts. Letztendlich wurden die beiden Männer ihrer gerechten Strafe zugeführt, wobei ein weiteres Verfahren wegen ihrer Mitgliedschaft in einer nach deutschem Recht „terroristischen Vereinigung" noch auf sie wartete.

41

An einem schwülen Nachmittag im Sommer kam Herr Meyer-Abendroth vorzeitig aus seiner Steuerkanzlei nach Hause. Er fühle sich nicht wohl, sagte er und setzte sich im Wohnzimmer in einen Sessel. Seine besorgte Frau brachte ihm einen Kräutertee. Nach einer halben Stunde ging es ihm nicht besser, sondern noch deutlich schlechter. Er klagte über Schmerzen hinter dem Brustbein.

„Du musst sofort einen Arzt rufen oder besser, ich bringe dich gleich ins Krankenhaus", sagte Frau Meyer-Abendroth.

„Nein, lass mal. Das wird schon wieder", war seine erste Reaktion.

Doch als auch der linke Arm zu schmerzen anfing, wurde ihm der Ernst der Lage bewusst. Seine Frau rannte zum Telefon und bestellte mit zitternder Stimme einen Notarztwagen.

Im Maria-Hilf-Krankenhaus in Daun stellte man einen Herzinfarkt fest. Der Patient sei gerade noch rechtzeitig eingeliefert worden. Man hätte keine zehn Minuten länger warten dürfen. Aber ob er es letztendlich schaffe, müsste man abwarten.

Die ersten zwei Tage durfte er keinen Besuch empfangen. Seine Familie konnte ihn nur durch eine Glasscheibe sehen. Sein Körper war an mehrere Kabel und Schläuche angeschlossen.

Am dritten Tag konnte eine Person, seine Frau, für eine viertel Stunde zu ihm. Sie saß an seinem Bett, hielt seine rechte Hand und versuchte vergebens ihre Tränen zurückzuhalten.

„Das tut gut", sagte er mit geschlossenen Augen. „Deine Hände sind so warm".

„Verlass mich nicht, Christoph. Bleib bei mir. Die Kinder und ich, wir brauchen dich."

„Keine Sorge, mein Schatz. Ich habe nicht vor, jetzt schon den Löffel abzugeben."

Nachdem die Zeit um war, verließ Carmen Meyer-Abendroth das Krankenhaus und fuhr sofort nach Hause, wo Felix und seine Schwestern bereits auf sie warteten.

Nach einer Woche hatte sich der Gesundheitszustand des Patienten so verbessert, dass auch die anderen Familienmitglieder zu ihm durften.

139

„Papa, du machst vielleicht Sachen. Nee, nee, nee! Aber ich bin mir sicher, du läufst nächstes Jahr den Halbmarathon in Trier wieder mit", versuchte Felix seinem Vater Mut zuzusprechen.

„Das ist wohl jetzt vorbei, kleiner Großer. Jetzt bist du mit dem Marathon dran! Auch im Büro werde ich ab jetzt wohl etwas kürzer treten müssen."

Letzteres hatte seine Frau ihm schon seit geraumer Zeit angeraten. Sein Arbeitspensum war enorm gewesen. Oft kam er erst gegen 21.00 Uhr aus dem Büro nach Hause. Er konnte Aufgaben nur schlecht delegieren und meinte, alles hundertprozentig erledigen zu müssen.

Als seine Frau mal wieder alleine an seinem Bett saß, sprachen sie über Felix.

„Hat unser Sohn irgendwann noch einmal die junge Frau, diese Alexandra, erwähnt, die er mal mit zu uns gebracht hat?", wollte er wissen.

„Nur mal kurz, so am Rande. Aber es sieht so aus, als ob er sich da keine Hoffnungen mehr macht."

„Schade, das Mädchen hat mir gefallen."

„Mir auch, aber er wohl nicht ihr."

„Felix ist leider immer noch ein Leichtfuß. Das mögen solche anständigen Mädchen nicht besonders. Vielleicht haben wir in seiner Erziehung das eine oder andere versäumt."

„Welche Eltern machen keine Fehler?"

„Im Nachhinein ist man immer schlauer. Vermutlich habe ich mir zu wenig Zeit für die Kinder genommen. Aber die Steuerkanzlei musste aufgebaut werden. Mein Vater war – wie du weißt – nur kleiner Angestellter im Finanzamt und ich wollte mehr erreichen. Meine Familie sollte einen Lebensstandard haben, den ich früher nie hatte."

„Nicht nur du machst dir Vorwürfe. Ich war bei Felix immer sehr nachsichtig. Du weißt ja, wie ich ihn verwöhnt habe. Aber ich konnte nicht anders…"

„Vielleicht habe ich dich deshalb ja geheiratet."

Sie schaute ihn erstaunt an.

„Na ja", versuchte er es ihr zu erklären. „Ich habe bei dir immer deine Warmherzigkeit und Zärtlichkeit geschätzt. Meine eigene Mutter war zwar fleißig und diszipliniert, sie hat ihre Pflichten in der Familie und im Haushalt immer sehr ernsthaft erfüllt, aber in den Arm genommen hat sie mich als Kind nie. Das konnte sie einfach nicht."

„Bei fünf Kindern und wenig Geld war das Leben auch nicht einfach für deine Eltern."

„Das stimmt wohl. Wir unsererseits hätten unseren Sohn aber sicher etwas konsequenter erziehen müssen. Weißt du noch, wie er sich bei der Abiturfeier daneben benommen hat? Die Eltern von zwei seiner Mitschülerinnen haben sich danach bei uns beschwert. Und er hat sich so besoffen, dass wir überlegt haben, ihn ins Krankenhaus zu bringen."

„Auf der anderen Seite hat er dann doch sein Studium geschafft."

„Mit viel Glück und einem guten und vor allem teuren Repetitor."

„Aber im Referendariat hat er sich dann bewährt. Sonst hätte die Rechtsanwaltssozietät ihn nicht übernommen."

„Darüber bin ich auch sehr froh. Vielleicht haben seine Korpsbrüder letztendlich doch einen positiven Einfluss auf ihn gehabt, obwohl ich manchmal den Eindruck hatte, dass da recht viel gefeiert wurde. Möglicherweise haben aber auch die Alten Herren der Bruderschaft, von denen ja einige in der Anwaltskammer sind, ein gutes Wort für ihn eingelegt."

„Deshalb sollten wir nicht klagen, Christoph. Es hätte viel schlimmer kommen können." Sie lachte und sagte dann leise: „Jetzt heirate mich bitte noch einmal."

„Dafür musst du dich zu dem armen Patienten herunterbeugen."

Sie tat dies, er ergriff ihren Kopf mit beiden Händen und gab ihr einen langen, zärtlichen Kuss.

Als er wieder zu Hause war, stand eines Abends plötzlich der Unternehmer Luppes vor der Tür. Christoph Meyer-Abendroth war überrascht. Man kannte sich zwar aufgrund gemeinsamer Parteizugehörigkeit und vieler akkurater Steuererklärungen seitens Meyer-Abendroths seit vielen Jahren und schätzte sich gegenseitig, aber die Kontakte waren bisher nicht bis auf die persönliche Ebene gelangt.

Nachdem Luppes hereingebeten worden war, überreichte er dem Rekonvaleszenten feierlich eine Flasche *Eifel-Vulkan* der Rockeskyller Schnapsbrennerei Neuerburg. Er habe vor Jahren ebenfalls einen Herzinfarkt erlitten, sagte der Besucher und dieser Kräuterschnaps hätte bei ihm wahre Wunder bewirkt. Jeden Abend ein oder zwei kleine Gläschen und Herr Mayer-Abendroth wäre im Nu wieder ganz der Alte. Das wurde sofort ausprobiert, woraufhin sich das beiderseitige Wohlbefinden umgehend steigerte, unterstützt durch die Gattin des Steuerberaters, die in Windeseile einen Teller voll leckerer Snacks herbeizauberte.

42

Als Michael auf Montage war, besuchte Alexandra wieder einmal Katrin und ihren Lebensgefährten. Sie fuhr gerne dorthin, da sie in Mosbruch nicht nur Torte mit Schlagsahne bekam, sondern sie konnte auch gelegentlich zusammen mit Thomas und Katrin ausreiten. Die Pensionspferde mussten bewegt werden. Das gehörte zu den Aufgaben von Thomas auf seinem Hof. Alexandra hatte als Kind im Dauner Reitverein mehrere Jahre am Voltigieren teilgenommen und konnte daher recht gut reiten.

Während sie nach dem Ausritt am Kaffeetisch saßen, erwähnte Alexandra so ganz nebenbei, dass ihr beim Aufräumen der Wohnung ein Tagebuch von Michi in die Hände gefallen sei.

„So so, in die Hände gefallen… Und du hast es sicherlich ganz schnell wieder an seinen Platz gestellt", bemerkte Thomas.

Alexandras Hals färbte sich rötlich. „Natürlich habe ich das. Aber erst nachdem ich - neugierig wie ich nun mal bin - kurz hineingeschaut habe. Außerdem hat es nur noch einen historischen Wert, denn es stammt aus seiner Jugendzeit."

„Tss, Tss", machte Thomas. „Tut man das?"

„Ja, Frauen tun das gelegentlich", antwortete Katrin.

„Und wir schämen uns auch immer schrecklich danach, nicht wahr, Alexandra?"

Thomas grinste. „Stand denn was Schlimmes drin?", wollte er wissen.

„Eigentlich nicht. Mir fiel nur auf, dass er immer eine Lorelei erwähnte."

„Das ist kein Grund zur Eifersucht, liebe Alexandra. Das ist doch nur die Dame auf dem Felsen über dem Rhein, die sich ihre Haare kämmt und dabei immer die Schiffer bezirzt", ließ Thomas die Anwesenden weltmännisch wissen.

„Mit dem einen Unterschied, dass das Mädchen in seinem Tagebuch nicht auf einem Felsen hockt, sondern sich in seiner Klasse befinden soll und sich nicht nur die Haare kämmt, sondern ziemlich leidenschaftlich und zügellos ist. Das habe ich zumindest aus seinen Tagebucheintragungen, von denen ich natürlich nur einige oberflächlich und diagonal gelesen habe, so entnommen."

„So, so, leidenschaftlich und diagonal", ließ sich Thomas vernehmen.

Katrin mischte sich ein: „Du kannst völlig unbesorgt sein. Das sind so die Phantasien von Jungen in einem gewissen Alter."

„Etwas besorgt war ich schon. In unserer Klassenstufe gab es keine Lorelei, ja nicht einmal eine Hannelore. Ich dachte in der Schule immer, Michi ist so schüchtern, dass er einen weiten Bogen um alle Mädchen macht."

„Schüchtern war mein Sohn ohne Ende. Ich hoffe, das hat sich nun etwas gegeben, Lorelei."

Alexandra starrte Katrin an, dann entspannte sich ihr Gesichtsausdruck. Sie lächelte. „Ich habe es sehr gehofft, war mir aber nicht ganz sicher. Also ich war die Lorelei?"

„Ich hab dir doch gesagt, du kannst ganz unbesorgt sein. Ich habe Michi früher, als er noch ein Kind war, immer Märchen vorgelesen und da hat er später die Angewohnheit entwickelt, Menschen seiner Umgebung Phantasienamen aus den Märchen zu geben."

„Und darauf trinken wir jetzt einen Cognac!", befand der Hausherr und stellte drei Cognacgläser neben die Kaffeetassen.

43

Etwa vier Monate danach kam Alexandra eines Abends etwas später als normal nach Hause. Sie wäre noch beim Arzt gewesen, sagte sie.

„Du hast mir gar nichts gesagt. Was hast du denn?", wollte Michael wissen.

„Ach, bloß Frauengeschichten. Nichts Schlimmes."

„Also muss ich keine Angst haben?"

„Angst nicht, aber möglicherweise ein anderes Gefühl."

Er schüttelte verwundert den Kopf, sagte aber nichts mehr.

Als er sich zum Abendbrot an den Tisch setzte, lag ein Foto vor ihm. Stirnrunzelnd nahm er es in die Hand.

„Ziemlich unscharf, man erkennt ja gar nichts."

„Dann schau mal genau hin."

Er erkannte immer noch nichts.

Alexandra half ihm auf die Sprünge. „Das hier oben ist der Bollerkopp, genau so einer wie du ihn hast. Und das Ganze nennt man Ultraschallbild."

Seine Augen weiteten sich. Er stand auf, ging um den Tisch herum und nahm sie in den Arm.

„Und was für ein Gefühl hast du jetzt?", wollte sie wissen.

„Glücksgefühle, nichts als Glücksgefühle, Lore ...."

Sie lächelte: „... lei?".

„Woher weißt du das?"

„Deine Mutter hat es mir verraten. Aber ich habe nie hoch oben auf einem Felsen gesessen und ich hätte auch nie gewollt, dass du dein Schiff gegen die Klippen fährst."

„Wo warst du denn sonst?"

„Ich habe unten am Strand gesessen und auf dich gewartet."

Sie sah, dass eine Träne seine Wange herunterlief. Eigentlich ist er ein harter Kerl, ging es Alexandra durch den Kopf, aber so was von sentimental!

Deshalb sagte sie schnell: „Nun sei ein richtiger Mann, Felix und gib mir gefälligst einen ordentlichen, langen Kuss." Das tat er dann auch.

Eigentlich war er der Meinung gewesen, dass zu einer harmonischen Zweisamkeit nicht unbedingt eine staatliche oder kirchliche Lizenz vonnöten war. Das konnte man an dem Leben seiner Mutter deutlich sehen. Aber er kannte mittlerweile auch Alexandra. Die war trotz aller fröhlichen Unbekümmertheit im Herzen eher konservativ. Sie hatte schon mal anklingen lassen, dass fast alle ihre Freundinnen um die dreißig inzwischen verheiratet seien, einige sogar schon wieder geschieden.

Also lud er Alexandra zum Essen ein, bestellte einen Tisch im *Kurfürstliches Amtshaus* auf dem Burgberg, dem besten und teuersten Restaurant der Stadt und bat darum, auf einen der Teller drei Rosen zu legen. Als sie an der Pizzeria Lo Stivale, die sie schon des Öfteren besucht hatten, vorbeifuhren, wunderte sich Alexandra. Als sie dann den Burgberg hochfuhren, ahnte sie etwas und als sie drei Rosen im *Kurfürstlichen Amtshaus* auf dem Teller erblickte, war sie sich sicher. Sie hatte die Hoffnung auf einen Heiratsantrag schon beinahe

146

aufgegeben. Der Kerl, der sie liebte und den sie liebte, rührte sich einfach nicht!

Wie fast alle Frauen, vom Stubenmädchen bis zur Prinzessin, erwartete sie natürlich, dass der weiße Ritter ihr das Schwert zu Füßen legte und nicht umgekehrt. Sie war gespannt auf die nächsten Augenblicke. Ihre geröteten Wangen und ihr erwartungsvoll-banger Blick zeigten dies. Wie würde er es sagen? Würde er die passenden Worte finden oder herumstottern wie damals, wenn er in der Schule an der Tafel eine Aufgabe lösen musste. Doch ihre Befürchtungen erwiesen sich als völlig unbegründet. Er meisterte diesen bedeutsamen Schritt im Leben jedes Menschen mit Bravour. Das lag sicher auch daran, dass Michael in den vergangenen Monaten an ihrer Seite mehr Selbstvertrauen und Lebensfreude verspürt hatte als jemals zuvor. Worte solch inniger Liebe hatte sie vorher noch nie gehört!

Auf die entscheidende Frage: „Willst du mich heiraten?" antwortete sie:

„Aber Schnuck, wir sind doch schon lange verheiratet."

„Seit wann?"

„Seit ich in der Grundschule neben dir saß."

„Du hast doch in der Klasse nie neben mir gesessen …"

„In meinem Kopf schon!"

Er sah in ihre dunklen Augen und wusste, dass vor ihm die Frau seines Lebens saß.

Der Chef de Rang und der Kellner, die im Hintergrund die Szene diskret beobachtet hatten, gaben sich in den folgenden zwei Stunden alle erdenkliche Mühe, die beiden Liebenden noch glücklicher zu machen, als sie es ohnehin schon waren..

44

An einem schönen Frühlingstag fuhren Michael und Alexandra nach Cochem, um Kurt Hommes und seine Frau zu besuchen. Sie hatten ein paar Tage vorher angerufen und gefragt, ob sie mal vorbeischauen könnten. Das Ehepaar wohnte am Stadtrand in einer alten Jugendstilvilla, welche der Eigentümer zu einem Miets-haus mit drei Wohnungen umgebaut hatte.

Als sie das Wohnzimmer betraten, saßen dort auch ein Sohn und die Tochter der Eheleute Hommes, Markus und Sybille, mit ihren Ehepartnern. Der jüngste Sohn Niko, so wurde ihnen erklärt, sei im Weinberg seines Arbeitgebers heute leider unabkömmlich. Die Reben müssten gebogen und gebunden werden.

Die Tochter, eine Zahnarzthelferin, schien die jüngere Ausgabe ihrer Mutter zu sein, beide groß und handfest, die Kleidung unprätentiös, aber nicht unmodern. Ihr Mann sah nicht nur aus wie ein Autoverkäufer, sondern war auch einer, wie sich später herausstellte.

Sohn Markus wirkte auf den ersten Blick schlunzig, was aber durch seine sehr resolut aussehende Frau wett-gemacht wurde. „Ich bin hauptberuflich Lebenskünstler, nebenberuflich „Staatlich anerkannter Erzieher", gab er ihnen zu verstehen. Alexandra, die seine Frau anblickte, fragte sich, wer hier wohl wen erzog.

Sie wurden von allen herzlich begrüßt. Die Tochter umarmte Michael und schien ihn gar nicht mehr loslassen zu wollen. Die Mutter hatte gleich drei Torten auf den Tisch gestellt. Zu Beginn war die Atmosphäre etwas angespannt, sie wurde jedoch im Laufe des Gesprächs zunehmend lockerer. Man unterhielt sich über die Vor-

und Nachteile des Massentourismus während der Sommermonate im Moseltal, über die sehr unterschiedliche Leidensfähigkeit von Patienten in Zahnarztpraxen, über den komfortablen Altherrenfußball der deutschen Nationalmannschaft während der Fußball-Weltmeisterschaft und vieles mehr.

Als Alexandra in einem unbedachten Moment durchblicken ließ, dass Kurt Hommes bald Opa würde, zeigte sich dieser - nachdem seine Frau ihm unter dem Tisch gegen das Schienbein getreten hatte - durchaus erfreut. Sybille gab den Besuchern zu verstehen, dass sie und ihr Mann auch gerne ein Kind hätten, es aber bislang noch nicht geklappt hätte.

„Every night the same procedure!", stöhnte ihr Mann.

Michi grinste: „Dinner for One."

„Nee, immer for two", stellte seine Halbschwester mit gespielter Entrüstung klar.

Alle lachten.

Als die Männer auf dem Balkon standen und die Aussicht in das Moseltal genossen, sagte Frau Hommes zu Alexandra, dass es vor allem ihre Tochter gewesen sei, die - nachdem eine Tante ihr von einem angeblich unehelichen Sohn ihres Vaters erzählt habe - diesen ständig bedrängt habe, Michael zu suchen. „Wahrscheinlich hat Kurt ein schlechtes Gewissen gehabt", vermutete sie. „Auf jeden Fall hat er immer sofort dicht gemacht, wenn unsere Tochter wieder davon anfing. Es ist wegen dieser Sache fast zu einem ernstzunehmenden Zerwürfnis zwischen ihnen gekommen. Aber Sybille hat nicht locker gelassen, bis er schließlich Michael gesucht hat."

Im Anschluss an den Kaffee unternahm die ganze Familie noch einen Spaziergang entlang der Mosel. Die Sonne schien, die Weinberge zeigten ihr allerschönstes Hellgrün und die Mosel floss wie seit Tausenden von Jahren dem Rhein entgegen. Alexandra hatte sich bei Michael untergehakt. Sie lächelte ihn an. Er lächelte zurück.

Auf dem Heimweg sagte Michael. „Mir kommt es so vor, als ob sich für mich langsam der Kreis schließt."

„Um Gottes willen, Schnuck. Der Kreis schließt sich für dich vielleicht in fünfzig Jahren, wenn wir über achtzig sind. Sag lieber, dass das Puzzle deines Lebens durch ein paar wichtige Puzzlesteine vervollständigt worden ist."

45

Oberstudiendirektor Hürsch, Schulleiter des altehrwürdigen Sankt-Laurentius-Gymnasiums in Daun, hatte von seinem Amtsvorgänger die lobenswerte Tradition übernommen, alle drei Jahre ein Ehemaligentreffen an der Schule zu organisieren. Ihm war bewusst, dass Menschen - wenn sie die Schule erst einmal einige Zeit hinter sich gelassen haben - eine nicht zu unterschätzende emotionale Verbundenheit mit ihrer alten Penne zu empfinden beginnen. Dies war während der aktiven Schulzeit nicht immer der Fall! Viele der Ehemaligen durften die erstaunliche Erfahrung machen, dass die nach der Schulzeit folgenden Lebensabschnitte sich als weniger angenehm als die Schulzeit herausstellten. Das führte dann unweigerlich zu einer Veränderung der Sichtweise! Außerdem meinte Herr Hürsch, ein gut vorbereitetes Ehemaligentreffen sei auch immer eine gute

Werbung für die Schule, was umso mehr vonnöten war, als man in direkter Konkurrenz zu dem Nachbargymnasium stand, dem Anne-Frank-Gymnasium.

Auch Felix und Michael wollten sich dieses Mal das Zusammentreffen mit früheren Klassenkameraden und Lehrern nicht entgehen lassen, wobei Felix sicher eine noch intensivere Vorfreude empfand als Michael, der schon nach der 10. Klasse aufgrund magerer Leistungen die Schule verlassen hatte. Alexandra wäre auch gerne mitgekommen, aber sie litt unter typischen Schwangerschaftsbeschwerden und war deshalb zu Hause geblieben.

Lehrer und Schüler hatten sich wie immer angestrengt. Der Direktor hielt zu Beginn eine launige Rede, es wurden kleine Theaterstücke aufgeführt, die Big-Band spielte flotte Rhythmen, es fanden Lesungen statt und die Kunst-AG hatte eine Ausstellung der besten im Unterricht hergestellten Kunstwerke zusammengestellt. Ehemalige, denen im Leben Interessantes widerfahren war, konnten dies ihren weniger von der Schönheit des Daseins heimgesuchten ehemaligen Mitschülern in einem eigens dafür vorgesehenen Klassenraum vorstellen. Im Schulhof standen Getränkestände und Imbissbuden. Hier wurde gelacht, getrunken und - wie bei solchen Treffen nicht selten - mehr oder weniger dezent mit dem eigenen Erfolg geprahlt. Auch lustige Erlebnisse während der Schulzeit kamen natürlich nicht zu kurz. Viele Sätze fingen mit den Worten an: „Weißt du noch, damals, als der alte Lehrer Knolle ...?" „Hahaha, zum Totlachen!"

Michael war mit dem eigenen Wagen gekommen. Bei Überschreiten der Promillegrenze wollte er jedoch - falls sich keine Mitfahrgelegenheit bot - das Auto bis zum nächsten Tag stehen lassen und mit dem Taxi nach Neroth zurückkommen. Er ging zu der Lesung „Erinnerungen eines Schulmeisters – Schule ist, wenn man trotzdem lacht", die ein Lehrer hielt, der nach seiner Pensionierung Lust verspürte, seiner bisher vernachlässigten schriftstellerischen Kreativität freien Lauf zu lassen, indem er Satiren über den Schulalltag schrieb. Danach schaute er sich die Exponate der Kunstaustellung an. Er bewunderte die schon erstaunliche Kreativität der Schüler. Wäre er bis in die Oberstufe gelangt, hätte er gerne einen Leistungskurs Kunst belegt.

Felix hatte sich von einem älteren Oberstudienrat, welcher ebenfalls in Gerolstein wohnte, mitnehmen lassen. Dieser Mann war früher einmal dem Alkohol sehr zugetan gewesen und deshalb haarscharf an einer vorzeitigen Entlassung aus dem Schuldienst vorbeigeschrammt. Dies hatte ihn geläutert und er trank fortan überhaupt keinen Alkohol mehr. Felix konnte somit davon ausgehen, dass er wieder nach Gerolstein zurückgebracht würde, vorausgesetzt man konnte sich über die Zeit der Rückkehr einigen.

Er trank zunächst einmal, zusammen mit früheren Kumpels aus der Sport-AG, zwei halbe Pils. Danach sah er sich ein Theaterstück der beiden Leistungskurse Englisch an und merkte, dass sein Schulenglisch mittlerweile ziemlich eingerostet war. Anschließend schlenderte er durch die langen, altbekannten Flure des Gymnasiums, traf hier und dort alte Bekannte und genehmigte sich schließlich einen Spießbraten mit Pommes und ein weiteres Bier.

Etwa gegen 22.00 Uhr erblickte er, ihm genau gegenüber an dem Stand, Michael. Dieser wollte gerade unauffällig weitergehen, da er eigentlich keine Lust verspürte, sich mit Felix zu unterhalten. Ihm war noch gut in Erinnerung, dass dieser ihn im Gefängnis beleidigt und als Opferanwalt die Anklage der Eltern von Barbara vertreten hatte. Doch Felix begrüßte ihn lautstark. „Hey, Michi. Schön dich zu sehen. Komm mal hier rüber. Ich geb dir einen aus."

Er hatte am Kassentisch den dort sitzenden Schulsekretärinnen, Frau Koller und Frau Hasensterz, in weiser Voraussicht gleich ein Dutzend Getränkebons abgekauft. Obwohl ihre Gläser noch nicht ganz leer waren, bestellte er gleich zwei neue Pils.

„Wie läuft`s denn so? wollte er von Michael wissen.

„So weit, so gut. Und selbst?"

„Prächtig, prächtig. Die Kanzlei ist eine Goldgrube. Die Klienten rennen einem fast die Bude ein."

„Das freut mich für dich. Da hat sich das lange Studium ja gelohnt.."

„Davon kannst du ausgehen. Aber sag mal: Wo ist denn Alexandra? Ich habe gehört, ihr seid jetzt verheiratet."

„Ja, stimmt. Sie liegt jetzt vermutlich im Bett."

„Kindbett mit Zwillingen?"

„Nee, soweit ist es noch nicht. Nur dicker Bauch, Übelkeit und Rückenschmerzen."

„Aha! Also doch! Na, dann bestell ihr mal gute Besserung von mir."

„Mach ich, Felix. Sag mal, wie sieht es denn bei dir aus? Mit den Frauen und so."

Felix grinste. „Auch ein Hallodri wie ich findet irgendwann den passenden Deckel. Ich bin noch am Ausprobieren. Alexandra wollte mich ja nicht."

Michael blickte auf sein Bierglas und brachte nur ein gepresstes „Tja" heraus.

Felix stützte seine Ellbogen auf den Tresen. Nach einer kurzen Pause sagte er: „Ich hab alles versucht. Hab sie ausgeführt, in der Weltgeschichte herumkutschiert, sie sogar meinen Eltern vorgestellt. Ich kam einfach nicht an sie heran. Und weißt du was? Ich hatte von Anfang an keine Chance. Sie wollte immer nur dich."

„Aber wir haben uns zwischendurch lange aus den Augen verloren."

„Ich weiß, aber du hättest ihren Blick sehen müssen, wenn mal die Rede auf dich kam. Vor einem Jahr auf der Kirmes wusste ich endgültig, dass ich immer einem Phantom hinterhergejagt bin."

Michael sah Felix an. Er hatte ihn nie besonders leiden können, ihn sogar oft gehasst, aber jetzt tat er ihm fast leid.

„Das alles hätte sie dir eigentlich früher sagen müssen."

„Das hat sie sogar hin und wieder getan. Nur, ich habe es nicht hören wollen. Du weißt ja, die Hoffnung stirbt zuletzt."

„Frauen sind manchmal schwer zu verstehen."

„Ob sie sich immer selbst verstehen?"

Sie schwiegen. Dann gab sich Michael einen Ruck. „Sei froh, Felix. Es muss passen. Sonst bist du später dein ganzes Leben lang unglücklich."

„Da magst du recht haben", entgegnete Felix wehmütig. „Aber komm, lass uns von etwas anderem reden, das ist heute nicht der Tag, um Trübsinn zu blasen."

Es kamen noch manche Schulfreunde und der eine oder andere Lehrer vorbei. Man unterhielt sich in wechselnden Gruppen über Gott und die Welt, bis schließlich Oberstudienrat Kallweith nach Mitternacht zu ihnen trat und meinte, dass es für ihn an der Zeit sei, nach Hause zu fahren. Ihm würden langsam die Augen zufallen. Felix bat ihn, über Neroth nach Gerolstein zu fahren. Dann könnte man nämlich Michi mitnehmen. Der sei sicher noch imstande, alleine zu fahren, wolle dies aus Gründen der Vernunft und vor allem wegen der am Abend des Ehemaligentreffens mit so vielen mehr oder weniger alkoholisierten Teilnehmern zu erwartenden Polizei-kontrollen nicht riskieren. Herr Kallweith, der - wie bereits erwähnt - wegen solcher Kalamitäten in der Vergangenheit fast frühpensioniert worden wäre, zeigte volles Verständnis.

Sie stiegen also in Kallweiths alten VW Passat ein und fuhren los. In dem Dorf Neunkirchen bogen sie nach links auf die relativ schmale Landstraße nach Neroth ab. Hinter Neunkirchen wand sich die einsame Straße in Kurven einen Berg hinauf. Von oben kam ihnen zu dieser fortgeschrittenen Nachtstunde ein einzelnes Auto entgegen, ein schwerer Landrover. Am Steuer saß ein junger Mann, dem sein Vater den Wagen geliehen hatte. Der junge Mann hatte seine Freundin in Neroth besucht und kehrte nun nach Daun zurück. Er hatte zusammen mit der Freundin Marihuana konsumiert, war Fahranfänger und konnte die Gefährlichkeit von Kurven noch nicht richtig einschätzen. Als er in einer dieser Kurven den Fuß vom Gaspedal runter nahm und auf die Bremse trat, war es bereits zu spät. Er geriet auf die Gegenfahrbahn und krachte mit hoher Geschwindigkeit in das andere Fahrzeug.

155

Ein zufällig zwanzig Minuten danach vorbei-kommender Autofahrer informierte Notarzt und Polizei. Der Arzt gab der Polizei später zu Protokoll, die beiden eingeklemmten jüngeren Männer in dem Passat wären vermutlich nicht sofort tot gewesen. Sie wären einander zugewandt gewesen, so als wollten sie sich noch etwas sagen. Der ältere Mann sei in einem lebensbedrohlichen Zustand in das Maria-Hilf-Krankenhaus in Daun gebracht worden. Der Fahrer des Landrovers habe nur leichte bis mittelschwere Verletzungen davongetragen und befände sich ebenfalls im Krankenhaus.

46

Zur Beerdigung von Felix Meyer hatte sich eine große Trauergemeinde versammelt. Neben zahlreichen Verwandten und Freunden der Familie sah man Stadthonoratioren, Mitglieder der FDP und des Lions-Clubs Daun, Rechtsanwälte, Steuerberater, ehemalige Mitschüler und Lehrer sowie Studenten der Trierer Verbindung, der Felix angehört hatte. Sogar der ebenfalls in Daun-Neunkirchen wohnende lange Landrat Onnitz war erschienen. Die Kirche war bis auf den letzten Platz gefüllt.

Der Pfarrer hielt eine ergreifende Trauerpredigt. Er sprach von einem jungen Mann in der Blüte seines Lebens, den ein unerbittliches Schicksal aus der Mitte seiner ihn über alles liebenden Familie gerissen habe. Seine Zielstrebigkeit und sein Ehrgeiz hätten ihm schon früh berufliche Erfolge gebracht und wären unter anderen Umständen die Garanten für eine verheißungsvolle Zukunft gewesen. Mit seinem fröhlichen Wesen habe er alle, die ihm im Leben begegnet seien, für sich eingenommen. Er endete seine Predigt mit Worten aus dem Brief des Paulus an die Römer 14, 7-8:

Niemand lebt für sich selber, niemand stirbt für sich allein. Im Leben und im Sterben gehören wir gemeinsam zu Gott, den Herrn über die Lebenden und die Toten.

Als der Organist danach das Lied *Wir sind nur Gast auf Erden* intonierte, brach die immer noch schöne Frau Meyer-Abendroth in der ersten Reihe in hemmungsloses Weinen aus.

Den Sarg hatten die ehemaligen Kommilitonen der Trierer Burschenschaft auf ihren Schultern. Sie waren in vollem Wichs. Sie gehörten jetzt zu den jungen Alten Herren und waren nach dem Studium in alle Ecken des Landes verstreut worden. Doch als der jetzige Vorsitzende der Burschenschaft Treveris sie von Felix Tod benachrichtigt hatte, waren sie alle gekommen. Ihre Fahne mit den Korpsfarben, welche der kleine Carsten trug, wehte dem Sarg voran.

Als dieser in das ausgehobene Grab hinuntergelassen wurde, begann Felix Mutter wieder heftig zu schluchzen. Sie hielt sich am Arm ihres Mannes fest. Der Mitinhaber der Firma Feldmann, Birsky & Meyer, geschätztes Mitglied des Lions Clubs, Fraktionsvorsitzender seiner Partei im Stadtrat, wohlhabender Besitzer mehrerer Mietshäuser und Vorsitzender des örtlichen Tennisvereins, eine Stütze der Dauner Gesellschaft, stand groß und aufrecht neben ihr. Sein Gesicht war fahl, seine Gesichtszüge starr. Doch er weinte keine einzige Träne. Er hatte seinen Sohn einen Hallodri genannt. Aber er

157

hätte ohne zu zögern sein Leben für das von Felix hergegeben. Denn er war sein Sohn!

Die Schlange der am Grab Beileid aussprechenden Personen wollte nicht enden. Als die Reihe an Landrat Onnitz war, ergriff dieser die ihm entgegen gehaltene Hand von Herrn Meyer-Abendroth mit beiden Händen, so, als wollte er sie warm halten. Politisch gehörten sie unterschiedlichen Lagern an und waren in den kommunalen Gremien ein ums andere Mal aneinandergeraten, doch hier zählte der Mensch und nur der.

In den Abendstunden des darauf folgenden Tages kam eine korpulente, derb aussehende Frau auf den Friedhof. Sie mochte zwischen 30 und 35 Jahre alt sein. In ihrem Beutel waren eine Gartenschere, ein kleiner Rechen und eine Kerze für die Grableuchte. Sie hatte als Jugendliche auf eben diesem Friedhof zusammen mit zwei anderen Jugendlichen alten Frauen die Handtasche geraubt. Sie war von ihrer alleinerziehenden Mutter, die im Regina-Protmann-Seniorenheim in Daun als Altenpflegehelferin arbeitete, wieder auf den Pfad der Tugend zurückgeführt worden. Jetzt pflegte sie rund um das Jahr hingebungsvoll das Grab ihrer leider viel zu früh verstorbenen Mutter.

Einige Meter neben sich sah sie an einem frischen, mit zahllosen Kränzen und Blumen geschmückten Grab einen großen, aufrechten Mann stehen. Er war alleine und hielt seinen Hut in der Hand. Der Wind hatte seine Haare zerzaust, Seine Schultern bebten und viele schwere Tränen liefen ihm über das Gesicht. Er stand lange vor dem Grab.

47

Die Trauerfeier für Michael Raschke fand in einem bescheideneren Rahmen statt. Der Kirchenraum war nicht einmal zur Hälfte gefüllt. Doch die, welche gekommen waren, taten dies ausnahmslos aus echter innerer Anteilnahme. In der ersten Reihe saß die Familie: Alexandra mit ihrem Vater, dessen zweiter Frau sowie ihre Geschwister, Michaels Mutter Katrin mit Thomas, Katrins Schwester mit ihrem Lebenspartner sowie Kurt Hommes mit seiner Frau und den drei Kindern, den Halbgeschwistern von Michael. In der zweiten Reihe sah man Michaels Chef Friedrich Waldorf, seine Freunde Karl-Heinz und Joseph sowie weitere Arbeitskollegen.

In der dritten Reihe konnte man eine dunkelhaarige Frau erblicken. Auf dem Kopf trug sie einen großen, schwarzen Hut mit breiter Krempe und einer Schleife. Neben ihr saß ein kleiner, ebenfalls dunkelhaariger Mann. Er sah aus wie ein Teppichverkäufer.

Weiter hinten hatten sich einige Schulfreunde von Michael eingefunden. Hier saßen auch zwei junge Männer, mit denen er sich in der Werkstatt des Gefängnisses angefreundet hatte. Auch sie hatten ihre Ausbildung dort erfolgreich abgeschlossen und nach dieser zweiten Lebenschance ein anständiges, fleißiges Leben geführt.

Friedrich Waldorf war auf besondere Art und Weise von Michaels Tod betroffen. Seine Ehe war kinderlos geblieben. In absehbarer Zeit wollte er aus Altersgründen den Betrieb in andere Hände übergeben. Über die letzten Jahre hinweg hatte er die Zuverlässigkeit, den Fleiß und die Loyalität seines Mitarbeiters Michael Raschke schätzen gelernt. Er hätte sich durchaus vorstellen können, das kleine Unternehmen gegen eine entsprechende Leibrente an ihn weiterzugeben. Das für die Führung eines Betriebes notwendige betriebswirtschaftliche Know-how wäre Michael in der Ausbildung zum Meister und in darauf aufbauenden Fortbildungen beigebracht worden.

Bei den beiden letzten Betriebsfeiern hatte er auch Alexandra kennengelernt. Das hatte ihn in seinem Vorhaben noch bestärkt, denn in seiner langen Junggesellenzeit war er selber weder ein Heiliger noch ein Kostverächter gewesen und glaubte daher, Klasse von Masse unterscheiden zu können. Er hielt viel von Michael, aber er kannte auch seine Schwächen. „Mit dieser Frau hat er Glück gehabt! Die wird immer an seiner Seite stehen", hatte er gedacht.

Der Pfarrer, der vor der Beerdigung Alexandra besucht hatte, um einige Informationen über Michael zu erhalten, hielt auch hier eine schöne, wenn auch eine, im Vergleich zu der vorherigen Feier, kürzere Trauerrede. Er sprach die schwere Kindheit und Jugend des Verstobenen an und beschrieb die liebevolle Beziehung zu seiner Mutter und später auch zu seiner Ehefrau als etwas, was ihm im Leben Zuversicht und Halt gegeben habe. Der überaus tragische Unfall bringe es nun leider mit sich, dass das noch ungeborene Kind später ohne leiblichen Vater aufwachsen würde. Doch ein tiefes Vertrauen in Gott - so hoffe er - könne die Last tragen helfen und einen Weg in die Zukunft weisen.

Am Schluss sang eine Sängerin des Dauner Kirchenchors das Lied *You'll Be in My Heart* von Phil Collins. Alexandra hatte es sich für die Trauerfeier gewünscht, denn Michael war einmal beim Anhören des

Liedes in ihrem Wohnzimmer lautlos in Tränen ausgebrochen. Tränen wurden auch jetzt viele vergossen.

Als die Trauergemeinde aus der Kirche herauskam, standen dort drei junge Frauen. Eine blonde, eine brünette und eine schwarzhaarige. Es waren dies Krankenschwestern des nahen Maria-Hilf Krankenhauses. Sie hatten gerade erst ihre Schicht beendet und hatten deshalb nicht rechtzeitig zur Trauerfeier kommen können. Doch nun schlossen sie sich dem kleinen Trauerzug an.. Die Brünette und die Schwarzhaarige hatten die Blonde in ihre Mitte genommen. Auf dem ganzen langen Weg zum Friedhof hielt sie sich diese immer wieder ein Taschentuch vor ihr Gesicht.

Am Grab las der Pfarrer einen Vers aus der Bibel vor. Er lautete:

Beuge dich zu mir großer Gott. Ich flehe um Hilfe, nicht weil ich sie verdient hätte, sondern weil du mir gezeigt hast, wie gnädig und barmherzig du bist.
(Daniel 9, 18)

Danach gingen alle am Grab vorbei, bekreuzigten sich und warfen eine Rose auf den Sarg hinab. Nur Alexandra warf drei Rosen auf den Sarg. Sie hatte die Blumen einmal als Zeichen der Liebe geschenkt bekommen, sorgfältig getrocknet und beiseite gelegt. Sie hatte lange auf Michael gewartet und sie würde lange um ihn trauern. Aber sie wusste, dass sie ihren Weg tapfer weiter gehen würde.

Auf dem Weg zu der Gaststätte, in welcher der Beerdigungskaffee auf sie wartete, wurde sie von Michaels Mutter, die neben ihr ging, nach ihrem

Befinden während der Schwangerschaft gefragt. Sie strich sich über ihren mittlerweile deutlich hervorstehenden Bauch und antwortete: „Es verläuft alles planmäßig, Mutter. Mach dir keine Sorgen. Es wird ein Junge, sagt der Arzt."

„Weißt du schon, wie du ihn nennen wirst?"

„Ich werde ihn Michael nennen."

48

Man sah in der weiten Landschaft zwei Männer, der eine sehr groß, der andere etwas kleiner. Sie gingen auf einem unbefestigten, staubigen Weg einen Berg hinauf. Dort oben erwarteten sie, den Himmel zu finden. Als sie die kahle, felsige Bergkuppe erreicht hatten, stand da nur ein einzelner Baum mit einer mächtigen Baumkrone. Ermattet lehnten sie sich an den Stamm. Plötzlich begannen die Blätter über ihnen zu rauschen und eine Stimme, die wie die eines uralten Mannes klang, sprach aus dem Inneren des Baumes:

„Wanderer, ich habe euch erwartet. Was sucht ihr und wo wollt ihr hin?"

Sie erschraken und Felix antwortete: „Wir suchen den ewigen Frieden und wir wollen in den Himmel."

„Ihr seid noch jung. Erzählt mir von euch!"

„Ich bin Felix. Mein Beruf war der eines Rechtsanwaltes. Meine Aufgabe war es, die Gesetze in einer oft zügellosen Gesellschaft durchzusetzen, denn darauf beruht unsere Zivilisation. Ich selber habe nie gegen die Gesetze verstoßen und ich habe viele Freunde gehabt", sagte der Größere von beiden.

„Mein Name ist Michael. In meinem Leben habe ich viele Fehler begangen, die ich sehr bereue. Im Gefängnis habe ich das Handwerk eines Metallbauers erlernt. Ich war mit einer wunderbaren Frau verheiratet. Wir erwarteten unser erstes Kind", sagte der Zweite.

„Und ihr hofft wirklich, dass ihr hier oben den Himmel findet?"

„Das hoffen wir", antworteten beide.

Die Stimme aus dem Baum klang müde. „ Den Himmel und die Hölle gibt es wirklich. Aber nicht hier, sondern dort, wo ihr herkommt, - auf der Erde. Kehrt also um und beginnt von Neuem."

Michael war erstaunt. „Von Neuem?"

„Du wirst in deinem Sohn und dessen Nachkommen immer wieder auf die Welt kommen. Ein Mensch, der stirbt, gleicht einer von einem Baum fallenden Frucht, doch in ihr ist bereits ein neues Samenkorn."

„Wird mein Sohn dann dieselben Fehler machen wie ich oder immer Glück im Leben haben?" Michael hielt das Amulett hoch, das er immer um seinen Hals getragen hatte.

„Sei nicht undankbar, Michael!" Die Stimme klang plötzlich streng. „Es stimmt, du hast am Anfang deines Lebens viel Unglück erfahren, doch dann hast du alles Glück der Welt gehabt, weil du die von dir begangenen Fehler bereut hast. Deine innere Läuterung wird auch auf deinen Sohn übergehen. Er hat zudem eine Mutter, die ihm immer zur Seite stehen wird und ihn vor mancher Torheit bewahren wird."

„Ich habe keine Kinder", wendete nun Felix ein. „Wie soll ich da wiedergeboren werden?"

163

„Ich weiß, Felix. Du hast oft nur dein eigenes Leben im Blick gehabt, ohne Rücksicht auf andere zu nehmen. Aber deine Begabungen, Charakterzüge und andere Eigenschaften sind auch in den Kindern deiner Schwestern vorhanden. Sie haben bereits jeweils ein Kind und werden noch weitere bekommen."

„Kannst du, der du allmächtig bist, uns nicht in unserem neuen Leben helfen, damit Unglück und Egoismus von uns abgewendet wird?"

„Das habe ich schon oft getan. Ich habe euch zu verschiedenen Zeiten und an verschiedenen Orten durch die Propheten meine Gebote überbringen lassen."

„Aber wir, die auf dieser Welt lebenden Menschen, sind ständig den unterschiedlichsten Versuchungen ausgesetzt. Gerade der Glückliche, Reiche und Mächtige ist den größten Anfechtungen ausgesetzt", klagte der Anwalt, der dies durch das Studium der Rechte am besten wusste. „Die Menschen sind nun mal gut und schlecht!"

„Ja das stimmt. Aber genau das macht euch erst zu Menschen, denn ich habe euch nach meinem Ebenbilde geformt."

Michael schrie fast. Er klang verzweifelt, denn er meinte, die Bedeutung dieser Worte zu erkennen.

„Also bist du gleichermaßen gütig und grausam?"

Die Stimme des alten Mannes hielt inne. Sie konnten nur das Rauschen der Blätter über sich hörten. Doch dann fuhr sie fort.

„Denkt immer daran, dass ihr als Menschen über einen freien Willen verfügt. Ihr könnt selber zwischen gut und böse wählen. Der Wille allein vermag euch allerdings noch nicht auf den richtigen Weg geleiten."

„Was ist das andere?" riefen sie wie aus einem Munde.

„Drei Dinge: der Glaube, die Liebe und die Hoffnung, doch die Liebe ist am größten unter ihnen."

Als die Stimme verstummt war und der Baum aufgehört hatte zu rauschen, gingen sie den staubigen Weg zurück in ein neues Leben. Von der Bergkuppe aus sah man, dass der größere dem etwas kleineren Mann seinen Arm um die Schulter gelegt hatte, so, als wolle er ihm seine Freundschaft anbieten. Nach ein paar Schritten tat der andere dasselbe. Zuerst gingen sie zögerlich, doch dann immer schneller. Sie glichen zwei aus einem sinnlosen Krieg heimkehrenden Soldaten, die Verzweiflung, Angst und Tod getrotzt und überlebt hatten und nun mithelfen wollten, eine bessere Welt aufzubauen.

Von Wolf-Henry Sturt sind außerdem erschienen:

Erinnerungen eines Lehrers – Schule ist wenn man trotzdem lacht

Die Familie v. Gersdorff – Halte die Fahne hoch, mein Junge